GONG LIU WENCUN
SHIGE JUAN

诗歌卷（一）

公刘文存

公 刘 著　刘 粹 编

时代出版传媒股份有限公司
安徽文艺出版社

图书在版编目（CIP）数据

公刘文存.诗歌卷：全4册/公刘著；刘粹编.—合肥：安徽文艺出版社，2018.6
ISBN 978-7-5396-5874-2

Ⅰ.①公… Ⅱ.①公… ②刘… Ⅲ.①中国文学－当代文学－作品综合集②诗集－中国－当代 Ⅳ.①I217.2

中国版本图书馆CIP数据核字(2018)第054498号

出 版 人：朱寒冬	特约策划：万直纯
选题策划：朱寒冬　岑　杰	丛书统筹：岑　杰
本册责编：张妍妍	装帧设计：张诚鑫

出版发行：时代出版传媒股份有限公司　www.press-mart.com
　　　　　安徽文艺出版社　　www.awpub.com
地　　址：合肥市翡翠路1118号　　邮政编码：230071
营 销 部：(0551)63533889
印　　制：安徽新华印刷股份有限公司　　(0551)65859551

开本：700×1000　1/16　印张：321　本册字数：350千字
版次：2018年6月第1版　2018年6月第1次印刷
定价：880.00元(全9册，精装)

(如发现印装质量问题，影响阅读，请与出版社联系调换)
版权所有，侵权必究

《自画像》题照
（1945年）

一朵边疆的云
（1952年）

人生写照

（1991年5月）

诗人风骨
（1993年4月）

开怀大笑
（1993年6月）

永远的父女
（2001年9月）

战友情

(左起：白桦、公刘、陈希平 1953年)

拜访巴金先生
（1984年11月）

文友兴会

(左起:舒展、方成、邵燕祥、公刘　1993年4月)

诗无国界——与德国诗人雨果先生切磋诗意
（1987年4月）

可爱的孩子,世界的未来
(1987年4月)

弄文罹文网抗世违世情
积毁可销骨空留纸上声
鲁迅自题"呐喊"
刘孜病恭录 己卯

题墨《纸上声》

作者手迹 1

写苑安魂曲
——given 恩师刘仁慕

　　2000年至2001年间，我两度住院，同病前后累计十六个月。去了两年多时光。

　　两度住院期间，于2000年7月至9月，住院期间我去重镇治病。回到家里等，经过治疗又住院一段时间（甲至80年什么，我分有事去哪儿休息五个月，而是终老）。但后待回人到了杭州，与当时办公开已经不至五意了。第之一年，那儿不管怎级，至冬人的给之去被古今的山脉去公安会，红济久然，另外之检验除脉疾不写记，事时会这里吃吗，不是推脚了治，继继风面此主修等疏笔，又主持学布等，得不方经扩留居。观证了情绪外加一往言等主围、

（新华社安徽分社）　　　　　20×15=300

作者手迹 2（未完成稿）

总　目

诗比人长寿／刘粹
　　——写在《公刘文存》编后

诗歌卷（一、二、三、四）
小说　剧本　报告文学卷
杂文　随笔卷（一、二）
序跋　评论卷（一、二）

【附录】公刘文学创作记略

诗比人长寿
——写在《公刘文存》编后

刘粹

历时四载,九卷本的《公刘文存》终于编选完毕,其间的艰辛与劳顿唯自知。

父亲公刘少年早慧然而生活塞涩动荡,青年才思纵横意兴盎然,却一再遭逢灭顶劫难——反胡风、肃反、反右派,直至被打入"黑五类",在炼狱中几近沉默煎熬20余年,晚年终得以恢复了人的尊严和人的意识,却又被病魔和死神五次三番地纠缠,真可谓一生命途颠踬坎壈。然而,生命意义中如此高昂的代价,被一个真诚而执着的诗人化作了巨大的勇气,歌吟,抗争,沉思,探索,拷问,由是,灵魂得以长存。

编入本书中的1046首短诗,两部长诗和所附录的3组诗、歌、译稿,以及所有选入的528篇文稿(囊括了杂文、随笔、谈话录、序跋、评论及小说、剧本、报告文学等各种文体形式),无论年少时的一派天真、热血、激情,还是嚼烂人生苦果后晚境中的冷峻审视、大胆质疑、苦苦探寻和苍然回望,在在都生动地证实着这一点。

先说诗歌卷。

父亲发表于1940年的第一首诗歌《悼张明》,是一首孩童的泪水般晶莹纯洁的悼亡之作,可惜因战火,动荡,加之年湮代远,再三努力也不曾发掘到这枚"古莲子"。辑入本卷的开篇之作,仍是因当年书写于一帧照片的背面而侥幸得以保存下来的《自画像》(1945年)。我两度专程赶回故乡南昌,在江西省图书馆特藏文献阅览室,苦读馆藏的一盘盘1949年前《中国新报》的缩微胶片(那时,这张报纸在南方数省颇具影响,可惜缩微前已不完整),还有部分香港《大公报》以及《力行日报》的缩微胶片资料。聊以自慰的是,几番努力之后,我终于搜寻整理出百十篇(首)1949年前父亲的诗文。当年那组有名的散文诗《夜梦抄》也在其间——1980年代,父亲也曾亲自查找过,但那时省图自有的旧报资料更是残破不全;他也曾略去缺失,汇同一些散文短章,整理出一册小小的"曙前丛书"《夜梦抄》(请参见序跋评论卷《〈夜梦抄〉小记》一文),不幸,小书生不逢辰,最终,连同书稿也如一叶扁舟随大浪漩入深潭,不知所终了。权以这辑入的64首小诗,作为诗人在1949年前烽火连天月少小离故乡的片断青春节拍吧。

父亲一生的诗歌乐章,应该说,其高潮由前后两大部组曲构成:前部是1950年代天真的尖新明丽高亢,以饱满而简单的激情,讴歌着理想的未来,大张双臂热切地"迎接美好生活中的又一个早晨"(公刘:《西盟的早晨》);后部则由1970年代末重试诗弦始,合1980年代以降直至1990年代中叶,诗人终于熬过了漫漫流沙岁月而复出,并奋力击退了一再亮出饕餮獠牙的病魔(中风瘫痪)后,熔苍劲雄浑于一炉,诗风时明澈激越时沉郁苍茫,甚至偶有收放自如的桀骜狂放——"噫!您,黑色闪电,烛照天地的好一炷灵焰!""喑默中的大喑默啊,嘹亮中的大嘹亮,孤独中的大孤独啊,辉煌中的大辉煌。""他只是绝对拥有真正的王者气度,风神凛然,游弋所至,肃静回避,教一切四脚和两脚的生物自惭形秽。"(公刘:组诗《西部蒙古》)……诚所谓国家不幸诗家幸,诗人不幸诗歌幸罢。

虽然我清晰地记得父亲这样的诗句:"呵,诗人!你的诗是子弹也是珍珠!/应高悬于国门呵,/需深藏于武库。"(公刘:《哀诗魂》)也由衷地欣慰于曾有诗论者慧眼识珠,以赞赏的目光注意到它们,并以之作为其评论公刘诗作的总纲,但我更愿秉承着父亲早在1994年《并非多此一举》一文中的遗训,平生诗文"说好说坏,由人去"。所以,我谨做好女儿和编者,不宜多作具象的诗评家。

愿与读者朋友分享的,倒是编选过程中的一些细节与心结。

我用了几乎一年半的时间,编选并一行行录入成诗歌全卷。就中自有美的共鸣,却也有伤恸的颤栗。譬如,父亲真正的"遗诗",非《青烟》《夕阳和减法》两首莫属。且引上一段发现并补录这两首诗时就手记录的文字吧,彼时彼刻我内心情感的风暴也无需对诸君回避——

这两首诗是父亲真正的遗作!父亲在生前从未向我提到过、谈起过,老人肯定是怕我读了伤心!直到今天,今天,2012年12月的14号,我搬出父亲当年写作用的"科理"机子来查找检读软盘,才从尚能勉强打开的软盘中读到了它们(许多盘已是"不良于读")。

爸爸啊!您走十年了,可我读它们还是伤痛不已,边打字边止不住流泪……

前一首,1999年秋,那年我突发重度的颈椎病,不幸瘫倒在您眼前……我知道,女儿突来的重病,才是对您最大的打击!那之后,这场打击的阴影一直深烙在您的心间。对不起!爸爸,我多么希望,多么希望,我从没病过!

后一首,自是您默默地写于家中。2000年的7月,距我们父女第二度同住院、同出院方过三个来月;而就在此后8月末的酷暑中,您却因又一次的脑梗入院抢救!……直到翌年7月20日出院径飞杭州,正如诗中所言:"而我也将奋力跳上一跳,跳上一跳"!哦,我亲爱的父亲!

能佐证诗人暮年壮志,直如夕阳般"也将奋力跳上一跳,跳上一跳"诗句的(不幸,一语成谶,此句有如诗的谶言!),正是那些回眸人生的最后数章:《此生》《天堂心》《生命的大诗》和《不是没有我不肯坐的火车》,以及写于2001年8月暑天杭州的序言《永不碇泊却永不拒载的西湖诗船》。

《杂文 随笔卷》。

开篇的《"一半"哲学》(1945年底),或许正是大学时代公刘杂文的笔锋初试?在未能查寻到更早的资料剪报之前,谨以此作为青年公刘的杂文随笔之起点。由此及至回国参军前写于香港的《孝道、兽道及人道》，区区48篇，收入《文存·杂文 随笔卷》，且算作父亲早年从文的一个略影罢。另有一则同样是写于香港时期的《过河卒子行状》，本该也依时序编排入这一时期的文卷之中；但为了尊重父亲晚年清醒的自我反思，故，援此前的随笔选集《纸上声》之例，仍将其作为附录直接排在了《愧对胡适》（1997年）一文之后。其实，可以这样作对比阅读的，还有《甘地自有可取处》（1991年）和《甘地主义》（1947年），以及诗作《凤凰》（1991年）和《醉眼朦胧中的信念》（1947年）。我以为，少年纯真，少年热血，少年革命，少年也易得"左派幼稚病"，这并不丢人。唯有正视自己青少年时代歪歪扭扭的足印，敢于在解剖历史的同时也反省自身的，才是坦诚的勇者。父亲的一生，为文为人，心胸坦荡对天地。

本卷之中，另一篇也特意排作了附录的文字《从不识郭衣洞即柏杨说起》，则完全是为了便于读者朋友能比较简洁明了地了解到上世纪80年代中叶，当代中国社会文学史中曾因"丑陋"二字翻腾过一折小小的风波罢了。

父亲是襟怀坦荡的。您可以从《三祭岳坟》《流浪汉话故园》《荷李活道旧事》《无论是"得"是"失"都充满了忧伤》《大难不死 尚待后福》《风云琐记》《文字苦力自白》等等短章，以及两篇血泪长文《活的纪念碑》和《毕竟东流去……》中，直视诗人坦然裸呈的灵魂和生平，同时，您也就直观了那锻压、磨难着诗人心灵和血肉的沉重的历史。

父亲在高擎着自己的良心秉笔直书。您不妨多读读《也说"文革"博物馆》《密特朗当过战俘》《铁哥们儿扩大化》《小议"舆论一律"》《论当今中国人所需要的"天天读"》《甘地自有可取处》《拜金狂潮与作家心态》《呼唤林则徐》《九三年》《不能缺钙》《"可怕的是混进官场的流氓"》《鬼魂西行》《告别宽容年》《"傍黑"与变黑》等等，便可知诗人的警醒与思辨的深广。缘于此，诗人的许多杂文才高蹈于即时，因而具有了可贵亦"可怕"的前瞻性。

父亲又是热血衷肠、温情脉脉的君子。读读那些叙事怀人、追忆同侪好友的感人篇什吧，您能体会到什么是君子之交若兰芷，挚友之情纵无法撼动生死之界,亦能如檀如麝般历久远而沉香。譬如《忆秦似》《千岛湖,千湖岛》《最后的电话》《送洪道》《仁人归天》《黄金海岸识黄金》《老泪纵横哭洛汀》等和泪而歌的篇什。

而由匆忙、潦草的工作日志整理铺展写就的长文《联邦德国见闻录》,父亲当年搁笔之日,也正值时代风诡云谲之时,文稿自然也就冷藏了。此番,我将封存了近四分之一世纪的500余页的手稿一一录入,整理成现今的电子文本,这也是这篇长文的首度面世。有心人请不妨与当年曾轰动文坛的《访德(联邦)谈话录》关联着阅读,您自能读出所谓"文人风光"背后的学养储备、人格担当以及其艰辛和劳累,也更能读懂那段过往的历史背景和历史背景影照下的善恶人心。

我依然十分欣赏像《孽缘》《正题歪做》《梦见"公脸……"》《火的境界》《关于杂文》《且慢经典》等文风犀利而又寓庄于谐、庄谐互补的精悍短篇。我同样格外会意诸如《青藤书屋小记》《故园情》《"漂沉水"》系列》《美哉凤凰》《日暮乡关》《书香》《江南三凭栏》《"敬惜字纸"》等意韵隽永、回味绵长的长歌短章。我还要特别提及定稿于1998年的长篇散文《我的动物世界》;读它,就如同聆听一位年逾七旬的长者讲述他的"人与自然"的故事。通篇的娓娓道来中,蕴涵着最本真最朴素的环保意识,人类应懂得与自然生物共享地球家园。

《序跋 评论卷》。

首先,同样值得欣慰的,也正是经过一再努力,终于查寻完整并重新录入下了父亲青年时代的那篇重要论文:《艾青及其诗作》(1946年)。同时,一并查寻到《鲁迅传》《读〈中国作家〉》等少数几则诗人早年的论文,竟然还发掘到两篇与"新文字运动"相关联的议论:《鲁迅和新文字运动》《瞿秋白和新文字》。窥斑见豹,可见青年公刘之视野及涉猎已比较广泛。

1950年代,是父亲诗歌创作前期的制高点。可惜,那时的文论较少,加之人们都自觉地涌入时代风潮中,不断地用"左"的教条主义来匡正自己,能留下并有其留存意义的文论自然更少。但即便如此,短文《一个根本的问题》还是值得读者朋友给予足够的关注。

同经过大漠流沙的炙烤后喷薄如火的诗情一样,诗人对文学,对人生,对空气一般包裹社会生活方方面面的社会政治(无论你正视或漠视,它都曾是逼人咽喉的真实存在),也积蓄了太多的体味与思考,终于,它们似地火岩浆般的于1970年代末开始喷涌而出。"专政"能禁止人的歌音,却无法禁锢人的思想。正所谓离离原上草,一岁一枯荣,野火烧不尽,春风吹又生。

我以为,父亲"复出"后的前期,比较重要且影响深远的文论当首推《诗与诚实》和《新的课题》。其后则有《诗与政治及其它》《我与唐诗》《诗的异化与复归》《关于新诗的一些基本观点》《〈白色花〉学习笔记》《〈九叶集〉的启示》等篇。

"复出"后的中期,最应得到重视的,正是那直抒胸臆的斗胆放言《创作自由臆说》,辅之以两篇短序《〈重放的鲜花〉增订版序》和《关于探索的议论》,以及紧接着的一席《关于现实主义诗歌的对话》。同样,似仍有必要提及那篇曾被一些人误读,也被一些颇为风劲的现代派"围攻"过的论文《从四种角度谈诗与诗人》。风云变幻,时光荏苒30年,倘使今日能以回溯历史、尊重历史的眼光去重读,相信您依旧能强烈地感受到一个知识分子始终秉承如一的良知与胆识,感受到作家那颗真挚耿介的火热诗心。

及至于己巳年以后,无疑的,《裸体艺术断想》以其胸襟的坦诚与开放,文章的姿质之大雅,仍然有若雪夜品香茗的回味。再有两篇洋洋洒洒的诗论《灵魂的独白》和《烧给浪漫主义的纸钱》,更镌刻着公刘《可以用诗唱挽歌绝不为诗唱挽歌》的铭言。晚境中不断体会着"喑默中的大喑默""孤独中的大孤独"的父亲,对诗文,对人生,因为超拔,因为经历过"解体"般的内心苦痛,便有了"生命进入了深秋"之后,秋收般回望的《诗话断简》;便有了更多的《独立苍茫》的心绪;有了如云如絮般挥之不去的《忧患、悲悯及沧桑感》。更有了《诗国日月潭》这般放眼海峡云烟的审美。更添就一宗视诗为宗教的虔敬之情。而步入"古稀之年"后的长篇答问《因为人生是一首大诗》以及稍后续写的《答客诮》,则更多地体现着诗人历经劫波阅尽沧桑后,仍旧葆有的那颗诗意昂然的赤子之心,还有那些经历岁月的淘洗而沉淀下来的思辨睿智与幽默机敏。

纵观本卷中所有收录的序跋之作,无论是自序抑或是为友作序,其长歌短言,也多能读出泣血之思、金石之声。除却前面已经特别提及的两篇为选本所写的短序外,又譬如《〈离离原上草〉自序》《不撤退者的青铜群像》《我的追求》《风雨故人》《冷暖君自知》《我的散文观》《但愿逢凶化吉》《由"三行体"想到其他》《我想有个家》《代序:一种心境》和《换一种角度看得失》,还有,我以为是必须一读的公刘的最后一篇序言,也是他笔下的最后一篇文章:《永不碇泊却永不拒载的西湖诗船》。

1980年,父亲以顽强的意志击退死神,从数日昏迷的重度脑血栓、中风、偏瘫、失语的打击中重新站起,重习发声,重学走路,重试握笔,重新捕捉诗的灵感,再度深掘创作的涌泉,继续在思索探寻文学与人生真谛的漫漫长路上奋力奔跑攀登。此前,便已有一石激起千层浪的《新的课题》,无惧冷风嗖嗖的倒春寒,率先提出了彼时文学与诗歌必需面对的新课题,同时大力举荐诗歌新人;而此后,更是一如既往地不顾重疴在身,为文学、为诗坛推举评介了多少新人与首秀。从《〈大学生诗苑〉漫评》到《序〈城之梦——中国南方城市诗选〉》,从《西北望长安》到《试谈革命的边塞诗派》,从《让希望之星重新升起》《山因诗而增添了高度》到《敦煌赏月》《棋盘格子里也出诗》,从不辞劳苦、一再推介的《漂亮的白水母》《他也是海王星》到《爱应该再版》和《一封给作者的信》,从《传记文学的重大收获》到《留下了一片思索的空地》再到《思想的芦苇》,等等,等等。多少无私的举荐,多少殷切的期冀,有多少回引马扶鞍,又有多少次辣语衷肠。真可谓"倘使后起诸公,真能由此爬得较高,则我之被踏,又何足惜"。(鲁迅:《致章廷谦》)父亲是甘为人梯的。作为相依为命的女儿,在父亲身上,我痛知了什么叫作"春蚕到死丝方尽,蜡炬成灰泪始干"!既言及于此,不妨宕开一笔,有的青年朋友因诗文成为公刘的忘年交,他们是诗人心底的欣慰;但也有某些"健忘的天才",登高之后,或曰"发达"之后，便想着最好能抹去文字，踹烂人梯，以便于圆满了自家私撰的"天才传奇"。如是，不免又教我想起鲁迅先生，想起那形象的"一阔脸就变"的形容，亦想起他也曾说过的另一句话"……我也常对于青年，避到僻静区处去"。(鲁迅:《复魏猛克》)于今，"人梯"早已隐入历史，在燃烬生命之烛后，真的是避到远离尘嚣的"僻静区处去"了；目睹甚至可谓是亲历了这一切的我，却仍然不免有点好奇，那些"健忘的天才"们，是否会有过夜半梦回的扪心自问？

相对而言，《小说 剧本 报告文学卷》的编选过程，则比较单纯比较轻松些。

1949年前，父亲写的小说也许本来就不多，而我此番查寻到的，也只有四五篇吧。除却入编的《吃人世界》《暴动》及《未庄解放记》三篇之外，另有一篇《天亮之前》(父亲曾在他某次的谈文说艺中有所提及)，并未编入。其不入选的考量，似有必要略加阐释。尽管作为作者本人，这篇小说，曾在父亲的记忆中留下过一笔不曾褪尽的划痕；否则，他就不会回首前尘时还以之援作例证。但我录入整理中一读再读，认为它更多的是一篇描写斯时斯地一个被迫逃亡的革命青年的意志与心绪。作为小说，它并不成功，作为历史的回声，似也失之单薄了。故而舍弃。

有关《吃人世界》，就我记忆所及，应该是父亲由当时(20世纪40年代)地方上大面积暴发的蝗灾，和由惨烈的蝗灾而引发的"人相食"的报纸新闻，所给予的创作冲动。迄今，我仍旧记得，在太原南华门东四条小院的大槐树下，曾听父亲讲述过他亲眼所见的蝗灾之可怕(当然，没有叙述"人相食"的可怖旧闻)。如今，随着马齿徒增，我也愈发地明白了，天灾人祸之烈，都是会摧残人生泯灭人性的。(人，源本就是动物的一支进化而来的呀。)

而《暴动》一篇，相信有心的读者会从中读到历史的影子，或曰历史的观照。

从《红云》至《孟丙纪事》，既是父亲当年英姿勃发的军旅亲历，也是20

世纪 50 年代前期，整个社会人与人之间充满着明朗、单纯、美好而向上的历史氛围之写照。我想，无论其后社会生活翻覆过多少雷电阴霾、血雨腥风，曾经的晴朗蓝天终归是不能也不应抹去的。尽管，那蓝天之上，已聚积起团团乌云，"山雨欲来风满楼"了……

"昨天的土地"系列，应当属于公刘小说创作的重要篇章。1984~1985 年间于《收获》杂志连载时，曾引起过读者的广泛瞩目，便是文坛，也多有好评。已故老诗人张志民先生就曾夸赞它们是"干馍馍，有嚼头"。令人无尽惋惜的是，由于生活中莫测的风云，由于几次三番的病魔突袭，父亲永远地带走了那属于他的、腹稿于心而未及成形的另外十几具屹立在"昨天的土地"上的焦渴的灵魂。

诗人复出后唯一的中篇小说《头颅》，在一定的意义上，痛定思痛之后，它依旧富有"我以我血荐轩辕，乾坤忒重我头轻"的壮烈情怀。为编选入卷，我在厘订重读中，脑海里叠印而出的，是侦察连连长"邱八百"的头颅，是维新失败、慨然赴死的谭嗣同的头颅，是以"秋风秋雨愁煞人"轩亭口上一声长叹撼九州的秋瑾的头颅，是为了灵魂不受损害而坦然就义的瞿秋白的头颅，是杨靖宇、左权、张自忠、吴克仁、戴安澜等众多为民族抗战而捐躯者的头颅，也是十七岁的少女尹灵芝稚嫩的头颅，也是毅然决然在禁锢中探求真理于孤独中追求自由、在专政的疯狂高压之下仍旧勇敢坚持自己独立思想的林昭、张志新们的头颅……还有一生承袭着屈子精神文山正气，"即在不可能保持于人时坚持做一个人"（沈天鸿：《在生活与梦之间醒着》），坚持说真话，坚持"有所为有所不为"，而这"坚持"偏又须"知其不可为而为之"的诗人，那颗倔犟而苍鬓的头颅。

独幕小剧《卖稿人家》，只是 20 世纪 40 年代父亲所写的多则讽刺性小独幕剧中的一篇。我所查寻到的不多，仅以之做一个小小的代表。其余几则，更多的具有即时性和时事性，且让它们随时间的长河漫过去罢。

两部电影文学剧本，《阿诗玛》和《望夫云》，它们是开在 20 世纪 50 年代的芬芳花朵。如今，这并蒂的两朵，自然已属干花了；也许，它们已成为中国电影文学这部大书中收藏的两叶标本了吧。

及至报告文学这一体裁形式的创作,它除了需耗费大量脑力,还需要支付大量体力。无疑,父亲身体的健康条件是无法支撑他多做这方面尝试的,其所写的四篇报告文学,全数收入本卷之中。文章摆在这里,好坏任由评说。需要略加饶舌几句的是《社会栋梁》一文。这篇作品,父亲生前并未发表过。不曾投寄报刊发表的原因很简单:文稿于1982年8月16日深夜在金昌结稿后,作者即返回单位;不多日,金川公司宣传部门的朋友便专门来信,谈到了《社会栋梁》的主人公、老劳模邹本义家属的户口问题已经解决落实,连同其他一些老矿工、老技术人员家属的落户问题,也正在一一逐步解决中。因之,着眼于矿山的新形象、金昌的新风貌,父亲便收拢起一笔笔"爬格子"誊写好的文稿,放入了桌屉。而今日,我之所以重新录入并编选进来,考虑也很简单:30余年弹指过去,当年虑及一时一地的"负面影响"已不复存;反倒是那种倾心关注劳动者(知识分子、科技人员同样也是劳动者)、关注他们最基本的物质与精神需求的历史担当,应该更有它积极的现实意义。

《文存》全书的编选所依据的尺度,自忖不外两点:文学的审美和文史的存真。以之作为编选文稿的纵横坐标系,选或不选,自然就有了我的取舍考量。另有一些篇什,却是暂不宜选的,不必细说,相信您懂的。

全书各卷的编排,除却极个别篇章外,均分别以创作的时间为序。(唯有《冬日红花》,依文体应该编入《杂文随笔卷》中,然而,出于对烈士的景仰,出于对《〈尹灵芝〉后记》一文资料完整性的考量,我还是遵从了父亲当年出版长诗《尹灵芝》时的排列,将其附录于《〈尹灵芝〉后记》之后。)

以时为序,读者朋友,您在阅览诗文时,便可以重历作家一生跌宕起伏的心路,亦可以直接扪触到诗人激越或被淤滞的脉搏,同时,更可以透过这心路这脉搏,聆听历史的喘息,"回望历史的汪洋"(陈亮:《历史激流中的礁石》)。甚至,您也不妨转换视角,立足大陆架,面向未来面向大海,我以为,那些隐退于历史纱幕后的诗文,同样会直如岩礁般的兀立于海浪之间——因为,历史总是回旋着前行的,而岩礁,则恰恰总是"保留自己的顽固姿态"/"厕身于这群峰笔立的／前哨头排"(公刘:《张家界》)。

稍稍需要略作补充说明的是,父亲于1949年前的诗文写作,尤其是他奋斗于香港时期的创作,能收入本书的篇章资源十分有限。原因无他,实在是时代更迭,人世沧桑,许多的许多已无从稽考(仅是那用过的二三十个笔名,晚年的父亲也已淡忘近半)。就我所知,在香港的那一年半期间,因为时事需要,因为斗争需要,更因为革命需要,诗人的诗作反而可能是相对较少,而杂文、时评、政论、影评、寓言、讽刺剧、学运概况、时事通讯等等大量的"匕首""投枪""号角"一类,恐怕居多。如今回首,无论遗落了多少夏花秋叶,俱已湮入时光,化作了春泥。春泥,也许正是那一阶段众多文字的最好归宿。

作为结语,我想说:生命的局促,正彰显出灵魂的疏放。

诗比人长寿。

2014年3月26日—31日 初稿
2014年4月16日,电脑重装系统后改定

《公刘文存》编者附志:

尽管在本书的编选过程中,事无巨细,基本乃是"一个人的战斗",然而有许多相识或陌生的师长、朋友们,对此书都曾给予过诸多的关注与询问。各位的鼓励,正是我埋头工作的最大动力。谢谢你们。

我特别要感谢的是:长天老师和德平兄。

2010年,长天老师在得知我为家父文集的编选所作的初步构想后,便给了我热情的鼓励与指点。尤其是2012年10月22日下午,我到瑞金医院去看望他,长天老师用他那特有的柔和语调,在回答完我对他病情的关切和了解之后,依然特别关心地询问了文集编选工作的进展和我自身

的健康状况,并一再嘱咐我,返皖后就将家父的遗稿《联邦德国见闻录》以电子文本的形式发给他。看出我有顾虑,怕影响了他的治疗和休息,他又微笑着说:"没事,我慢慢看;我也很怀念和你父亲一起在德国的日子。"音容宛在,斯人已远。这份真挚的情谊和如兄长般的关心,我当铭记终生! 同时,十分感谢上海作协和华语文学网为本书提供了另一个全新平台,感谢建民兄的信义与担当。

在《公刘文存·诗歌卷》所收入的1046首短诗中,有近2/3的电子录入稿,曾烦请德平兄帮忙厘订校正,使他在含饴弄孙的辛劳中又平添了一宗辛苦。虽说我们已是35年的朋友了,但似这样不事张扬的切实援手,依然使我十分感动。深谢。

而这部散发着墨香的厚重的9卷本《文存》得以问世,我又必须特别感谢身边的两位朋友:杨屹老师和许春樵君。没有他们两位的持续关注、默默支持和热情引荐,本书的面世或将再费一些周章。

多谢万直纯先生、朱寒冬社长和岑杰先生。多谢安徽文艺出版社为策划、编辑、设计、出版发行本书各各付出辛劳的每位朋友。没有诸位的努力,我们此时便无法享受书页轻揭漫卷,品茗细读犀文美诗的快意。而我本人,正是一个更习惯于随意浏览或细细品读纸质图书的"OUT"一族。

记得闻一多先生曾用"戴着镣铐跳舞"一语,以状现代格律诗之美。有趣的是,令我对之产生强烈通感的,却每每生发于为父亲编选、出版文著之时。读者朋友倘能用心从此书中窥豹一斑,许多事自不必细说。

愿未来我们的视野更开阔,使思想任驰骋、才华尽挥洒、歌哭坦相陈。

2015年12月29日 补定

MULU

目　录

001 / **自画像**

002 / **你的目光是阳光**

003 / **沙皇和普式庚**

004 / **火　焰**

005 / **会哭的人和会笑的人**

006 / **一觉醒来**

007 / **买　卖**

008 / **冬天，冬天**

009 / **墨水与鲜血**

010 / **夜莺与圣像**

012 / **活下去!**

014 / **我们，是真理的据点**

015 / **夜　灯**

016 / **萤　火**

017 / 可耻的声音

018 / 月

019 / 纤　夫

020 / ［真　理］

021 / 小　楼

022 / 楼　居

023 / 跳　楼

024 / 祈　祷

025 / 歌　王

026 / 不灵的圣水

027 / 倒败的城

028 / 讽刺的墨水

029 / 新生代

030 / 铸　剑

031 / 伞

032 / 桂　冠

033 / 藤的故事

035 / 草上有神

036 / 绝　崖

037 / 毁掉吉他

038 / 逃

039 / 童话与法律

040 / ［雅　歌］

041 / 撒　旦

042 / 木乃伊

043 / 暗　巷

044 / 汲水的女郎

045 / 墙头草

046 / 胡　须

047 / 疯　妇

048 / 家　蛇

049 / 长青树

050 / 《夜深沉》

051 / 长庚星

052 / 中国要爆炸

054 / 什么是革命？

055 / 发了酵的白面包

056 / 送你一枚刺

057 / 八月十九日的早晨

058 / 是一个漆黑的夜晚

059 / 现在不是哭泣的时候

060 / 啄木鸟

064 / 屠夫与刽子手

065 / 奴隶的诗篇

072 / 出　走

073 / 笔　祭

074 / 我们之歌

077 / 我们是十三个

083 / 枕头的故事

086 / 我们是魔鬼，我们是上帝

088 / 守望在祖国的边疆

091 / 我们的国徽

093 / 兵士啊，你们要小心

097 / 自从来了边防军

100 / 畹町行

102 / 车过惠通桥

104 / 母亲的心

106 / 这是个美丽的地方……

108 / 兵士醒着

110 / 和　平

111 / 军用鸽

112 / 路　遇

114 / 心　窝

115 / 这颗心无比忠诚

117 / 手风琴

119 / 明天的边疆

121 / 西南解放纪念章

123 / 拉萨来的姑娘

125 / 候鸟飞回故乡

127 / 登高黎贡山

128 / 隧道中的光明

129 / 向列宁格勒的工人敬礼

130 / 雾啊雾啊

133 / 夜车到重庆

135 / 封闭起来的防空洞

136 / 哎，心爱的三叶树呀

139 / 马帮的歌

　　139 / 澜沧的山

　　140 / 谈　话

141 / 这一片土地……

142 / 祝福边疆战士

146 / 孟连河之歌

149 / 进阿佤山

151 / 谒侦察兵墓

152 / 礼赞阿佤山

154 / 夜的阻击

157 / 会　哨

158 / 猎人的儿子

160 / 炊　烟

162 / 山间小路

163 / 阵地上的向日葵

164 / 班长画的马

165 / 西盟的早晨

166 / 雨后小景

167 / 边疆晚会

168 / 夜闻木鼓

169 / 岩可和岩角的舞蹈

171 / 水　誓

173 / 把边江上游

174 / 寄鞍钢

175 / 寄丰满水电站

176 / 寄北大荒

177 / 纪念碑

178 / 一本神奇的书

182 / 我的心不能再蒙受羞辱

184 / 在这庄严的时刻

186 / 黎明的城

187 / 细府那遮颂歌

189 / 我穿过勐罕平原

191 / 泥　土

192 / 第一个傣族士兵

194 / 手

195 / 母亲澜沧江

197 / 在大勐竜有这样一个池塘

200 / 摩　丫

202 / 三个卖棉花的哈尼姑娘

204 / 茶园情歌

206 / 格朗和情歌

207 / 菩提树、菩提树……

208 / 象脚鼓

210 / 听赞哈唱歌

212 / 婚　筵

214 / 老　马

215 / 工棚答问

217 / 给撒尼人

220 / 石林,撒尼的灵魂

222 / 神圣的岗位

225 / 如果我是你的学生……

227 / 红色的圭山

229 / 谁在小路上吹笛子

231 / 故乡的灯火

233 / 我在八一大道上漫步

235 / 致中南海

236 / 八达岭上放歌

237 / 五月一日的夜晚

238 / 中　原

239 / 夜半车过黄河

240 / 鲜血与诗歌

241 / 古战场

242 / 烽火台

243 / 回音壁

244 / 布　谷

245 / 运杨柳的骆驼

246 / 风在荒原上游荡……

247 / 风啊,别敲

248 / 宝　剑

249 / 繁星在天

250 / 迟开的蔷薇

251 / 海把贝壳失落在沙滩……

252 / 只有一个人能唤醒它

253 / 天上的繁星有千万颗

254 / 羞涩的希望

255 / 小夜曲

257 / 塔乌非克,我的壮美的兄弟

261 / 姑娘在沙滩上逗留

262 / 南望云岭

266 / 因为我是兵士

267 / 石　舫

268 / 兵士的面容

269 / 我的主人是我的祖国

270 / 登景山

271 / 天安门前漫步

272 / 江南好

274 / 上海夜歌(一)

275 / 给一个黑人水手

276 / 上海夜歌(二)

277 / 致黄浦江

278 / 南京路

279 / 在工业的地平线上

280 / 长记得这狭小的阁楼……

281 / 谒鲁迅墓

283 / 在工厂里,忽然旧梦重逢

284 / 我们是擦洗世界的肥皂

285 / 丝

286 / 给一位老电焊工

287 / 我们相信这一天……

288 / 人应该一切都美

289 / 刺猬的哲学

291 / 乌鸦与猪

293 / 西湖绝句

294 / 怀　古

296 / 岳王坟前有一段古柏

297 / 给妻子的信

298 / 公正的狐狸

300 / 驴子的反抗

302 / 剑　麻

303 / 我在一九五六年除夕的奇遇

311 / 海的传奇

312 / 我不知道,也不否认

313 / 团　圆

314 / 霓　虹

323 / 春天,又来到了我们身边

325 / 姐　姐

338 / 幻想着,在喜马拉雅山麓……

340 / 致老街

342 / 唢呐和叶笛

344 / 海　岬

346 / 寄给阿克斗卡的筑路者

348 / 白　杨

349 / 千佛洞顶礼

353 / 兰　州

354 / 民警和我

355 / 飞　天

356 / 在阿克塞部落做客

358 / 怎样当主人?

362 / 在黄河支流的支流上

363 / 夜宿古香林

364 / 关于赤铁的歌

365 / 快　乐

366 / 夜　歌

367 / 铁的独白

368 / 特别的游行

369 / 回　声

370 / 一车黄土，又一车黄土

371 / 人民英雄纪念碑顶礼

372 / 人民大会堂阶前浮想

373 / 匆匆都门来去……

374 / 保　墒

375 / 襁　褓

376 / 喜　雨

377 / 太原的云（一）

378 / 汽　笛

379 / 高炉颂

380 / 水压机礼赞

381 / 在城郊基建工地上

382 / 银　雨

383 / 抗　旱

384 / 买　镰

385 / 收　麦

386 / 歇　响

387 / 柳

388 / 羊皮筏子

389 / 波阳湖上的金翅鸟

390 / 大海枕着我的军鞋躺下……

391 / 长　城

393 / 生　日

394 / 太原的云（二）

395 / 谈　心

396 / 太原的云（三）

397 / 卧　地

398 / 嫁　山

400 / 空　气

406 / 收　秋

407 / 冬　灌

408 / 防　霜

409 / 造　林

410 / 雷锋歌

412 / 脚　印

413 / 夜　耕

414 / 披　红

415 / 秋　千

416 / 年　集

417 / 火　炉

418 / 马掌王

419 / 掐苜蓿

自 画 像

看眼睛知道你失眠,
从失眠测定你构想的诗篇。

修眉是不甘收敛的翅膀——
有什么样的痛苦将它灼伤?

但铁腭依旧紧咬着决心,
而决心又始终紧咬着敌人。

1945 年岁尾　南昌

你的目光是阳光

你的目光是阳光,
我的眼睛是心之窗,
打开我心灵的窗子,
让雨季的霉泪消亡!

你的歌唱是阳光,
我的耳朵是心之窗;
打开我心灵的窗子,
将夜枭的恶啼扫荡!

真理啊以目光为坐骑,
真理啊拿歌唱当刀枪;
打开我心灵的门户,
请!我为你准备了营房……

1946 年 1 月　南昌

沙皇和普式庚

沙皇的俄罗斯是一座大监狱,
普式庚是叛徒。

沙皇的俄罗斯是一片大沙漠,
普式庚是花朵。

沙皇用鞭子抽打农奴,
普式庚却哭着去抚摸。

沙皇命令诗人对他谄媚,跳舞,
普式庚愤怒地抛出咒语和唾沫。

沙皇用流放和宪兵来恫吓,
普式庚不怕,照旧唱自己的歌。

沙皇急匆匆谋杀了普式庚,
普式庚却永远活在人民心窝。

1946年2月3日　南昌
(《中国新报》副刊《文林》)

火　焰

火焰必须呼吸空气,
正像诗人必须呼吸火焰;

这火焰炼就灵感的剑,
诗人又拿剑来写他的诗篇。

诗人只会用剑,
诗人生死都在前线。

1946年3月　南昌
(《野草文丛》第八集《春日》)

会哭的人和会笑的人

很早很早以前,世界上就只有两个人,一男一女,男的善笑,女的善哭。

可是经过了不晓得几千万代之后,时至今日,笑与哭,愈变愈复杂了。首先就打破了老祖宗的禀性,男的不一定都善笑,女的也不一定都善哭。所以喜欢笑的并不限于男性,而爱哭的也更不限于女性。

哭和笑的先后也有关系,笑得最先的并不见得会笑到最后,但是最先哭的却往往会最后笑。

有些人哭的时候却去分析自己为什么要哭的感情,笑的时候总是把牙齿微微地一露生怕过了分,这种人大概就是所谓之哲圣。

有些人哭的时候拼命将眼泪往肚里吞,笑的时候便狂欢得一如春雷在谷地中乱滚,有时竟把笑当着自己生命的顶点,就是说,他笑死了,这种人大概就是所谓的英雄。

有些人哭的时候大哭,笑的时候大笑,甚或不必哭时哭,不当笑时笑,说得好听是自然人,感情丰富,不好听是蠢汉,感情放肆!

有一种人爱在公共场所出卖哭诉,以换取他个人私下对公共场所的讪笑;另外还有一种,却与他完全相反,他公开地奚落他人,可是,一旦他成为嘲讽的资料时,便伤心自己的孤独了。

对于常人,我的劝告是这样的:

生命既开始于"哇!"的哭,照理便应该用几阵哈哈的笑浪来做结束才对。

1946 年 8 月 3 日　南昌

(《力行日报》)

一 觉 醒 来

一觉醒来,景物全非。
昨日垂死的竟又生,
昨日新生的竟又死。

昨日是雾,
夜来雾更浓重;
今日却是密云,是暴风雨,
——而前天
则中天一轮艳阳,
地上亿万张笑脸。

一觉醒来,天地变色。
有人说:呵,终于来了!
有人说:唉,果然来了!
有人说:呀,怎么又来了?
来了,来了,历史真残酷呵!

——又是铁矿涨价的时候,
人们用什么去买铁?
用鲜红的
而且是有限的
血。

1946 年 11 月　南昌
(《中国新报》副刊《文林》)

买　卖

酒与血。

墨水与血。

这是最新的两种交易方式。

庆功宴安排好了,两只杯子相碰了,一杯是浓的酒,一杯是比酒还浓的血。

新闻纸印发好了,若干张小小的传单,飘起来了,有几面闪着墨水的黑光,有几面闪着更其黑的血光。

1946年11月　南昌
(《中国新报》副刊《文林》)
(《野草文丛》第八集《春日》)

冬天，冬天

一位长者告诫我："冬天来了，你应该沉默。"

我谢谢他的好意，我不知道是点了头，亦是表示了拒绝，在我的心上，只有一个思想：冬天来了，可是我更不能沉默。

我不能沉默，而且，我不应当沉默。我觉得冬天并不可怕，可怕的是躲在养花的暖室里等待冬天的自动退却。我知道得非常清楚，冬天不会比我命长，只消东风一吹，它就不能生活。所以，我呼唤着春天，我唱着的是呼唤春天的歌。我在每个人心里埋一颗春天的种子。

那么，每个人心里就开一球春天的花朵。

只要希望还活在我心里，我就决不怕寂寞。只要欢乐还活在我心里，我就能够忍受痛苦。

任凭冬天残酷地带着风雪的绞绳来吧。寒风吹吧，疯狂地吹吧；大雪落吧，沉重地落吧；无论你怎样吹，你总吹不掉我的亲爱的世界！无论你怎样落，你总压不破我的亲爱的中国！

一座座的冰山，正象征着冬天的坟墓；冬天，我告诉你，被埋葬的决不是我们，而是你自个儿！

原先我还只是站在门槛上，独自唱支向往春天的歌；现在，我却要大跨步地走上雪原，我要用我巨大的、有力的、充满了愤怒的脚印，向着冬天的暴虐的、阴险的、恐怖的、苦心的堆砌，表示我的百分之百的嘲笑！

1946 年 11 月　南昌

(《中国新报》副刊《文林》)

墨水与鲜血

墨水是黑的,鲜血是红的;有人说分别就在这里,但是,我可不敢强调这象征的意味是什么。

不过,我知道曾经有若干次,有人用贱价的墨水换得流血的战争。而且这企图还正在进行……用墨水来作鲜血的代价,不论它的形式如何,这总是流血者的悲哀。

因为:墨水无限,鲜血有尽。

先哲虽然说过:"墨写的谎言决掩不住血写的事实。"可是,我们却不能永做别人谎话的证明,永远去替无耻的笔管做牺牲,永远拿血蘸来写更正函。

然而,只要墨水一天存在于不流血者或是使别人流血者的手中,只要墨水与鲜血的所有权一天没有取得一致的形态,那么,血还是弱者、被侮辱与被损害者底唯一的财产,尽管它是雄辩的。

你流血,有墨水者却污蔑你,于是你复又用也只有用自己的血去淹没这谰言。——多么浪费,多么恐怖;徒然对历史负罪,更不知伊于胡底啊!

我说,不仅是应该用事实推翻谎骗,而且要夺取那墨水!

1947年3月 南昌

(《野草文丛》第七集《天下大变》)

夜莺与圣像

有一个自命英雄的英雄,他觉得还不够英雄,于是他自己造了一座圣像,立在旷野之中。

这旷野的确很大,然而很贫穷;没有草木,只有沙漠。

沙漠,沙漠,没有路。可是人们却像骆驼,一群群,一个个,寂寞地寂寞地打这儿跨过。或者就是,痛苦地痛苦地在这儿中断了生活。

茫茫的大沙漠呵,是受难者的坟墓。

水的饥渴,绿色的饥渴,希望的饥渴,还有生命的饥渴;人们祈求,人们被旷野上的圣像所诱惑,人们艰难地向前摸索,可是,圣像依旧立在那儿,倨傲,冷淡,残酷……

当死神离人们只有一步,人们最恐怖但也最现实。美丽的口号不能充饥,自命英雄的英雄只好没落。

然而,自命英雄的英雄又不甘没落,他还是疯狂地在旷野上演说,招徕一切过往的人们,一斤一两地贩卖着水和"幸福",他命令每个人都向那座圣像膜拜,人们看看那圣像,很高耸,嫌它太远,也觉得自己肚子饿。英雄说,"束紧裤带吧,就在那座圣像下面,有一片苍翠的森林,还有一条清冽的小河。"

人们问他沙漠的尽头,英雄回答以恐吓。

"一千里一万里呵,这沙漠,自古就没有人能够跨过……"

接着,英雄拿出一个骷髅,人们从他手臂下伛偻而过;回头望,看见那骷髅的没有眼睛的眼睛,深深的黑黑的似乎隐藏着,并且在表示着什么。

人们愈走近圣像,脚下愈踏着骨骼。

人们愈走近圣像,心上愈燃起怒火。

全然是被欺侮的被损害的羞辱呀!

原来圣像立在旷野的中央,而这旷野,又正像是一口巨大的锅。人们已走进锅底,风吹着沙浪,满天飞着沙的棺椁。

没有气力再跋涉回去了,因为干燥的身体已经被愤怒所爆裂。——人们,也是圣像的顶礼者,停止呼吸。

一次诱惑,一堆白骨。死亡是一只恶鸟,先吃灵魂,后吃肉体。圣像脚下的尸骨已日日高起,可是奇怪的是永远埋不掉圣像自己。

圣像依然立在那儿,睥睨着一切。自命英雄的英雄依然忙碌,一次又一次地摇动着撒旦的毒舌。而无知的人们,也依然向它走去。……

有一天,飞来了一只夜莺。

夜莺借宿在圣像的耳边;向着沙漠凝视,乃有了孤独的感觉。

忽然,听见圣像的脚下有许多绝望的叫喊。

那不过是千万群受难者中的一群,他们捏紧拳头,而拳头里迸射出火星。

火星又照亮他们自己的脸,悔悟、悲痛、怨恨、绝望、惊慌,然而全然明朗、觉醒。

夜莺看了这些,夜莺小小的心里激动,然而又平静;它觉得它有友伴了,它觉得它应该歌唱:

夜莺不能靠童话来养活,
正如受难者的粮食不是诱惑。

受难者呀请接受我的同情,
受难者呀请听我预言;

在尸骨上绝对站不住英雄,
在尸骨上绝对站不住英雄!

1947年4月 南昌

(《中国新报》副刊《文林》)

活 下 去!

活下去!
虽然世界是冷酷与不平,
活下去!
要记住,自己是无罪的人!

活下去!
当然不是抱住旗帜瞌睡;
活下去!
用战斗来论证生存的意义!

活下去呀,活下去!
但切莫酗酒,切莫疯癫,
更不准用碎玻璃割断贫血的脉管!

我们要举起准确而有力的拳头
代替语言,
告诉敌人:
我们很强悍!
我们有足够的信念
支持到明天;
支持到
当另一支军队

踏平锯齿般的群山，

前来救援！

1947年5月　南昌

我们,是真理的据点

和风雪搏斗的日子,
树林
是春天的据点;
和黑暗搏斗的日子,
火把
是光明的据点;
和恶魔搏斗的日子,
我们
是真理的据点;

春——天——啊!
光——明——啊!
真——理——啊!

1947年6月　南昌
(《正大学生》副刊《呼吸》)

夜　灯

在夜里是需要一盏灯的。

可是有的人却说,夜里没有亮光是一种幸福。说这话的是什么样的精神病患者呀?害怕光,是不是羞于见太阳,所以才妒恨白天而欢迎黑夜呢?而且,就在夜里连灯也不要,是为了它容易教人联想起太阳吗?

多么自私!灯比这种人仁慈多了:它们有光有热就慷慨地捐给世界,为的是怕周围太阴沉,太没有生气。而这种人,夜里仍然在呼吸那曾被阳光晒过的空气的人,却不知道惭愧了。

厌恶?哼!我知道,厌恶有时候是出诸害怕的。

光亮,并不是屠夫的刀,而实在是母亲的手啊。

1947年6月　南昌

(《中国新报》副刊《文林》)

萤　火

"萤火虫,打灯笼,飞到西,飞到东。……"

这是寓意极深的儿歌。

请问萤火虫为谁打灯笼呀,为它自己吗？不是的,我可以把这样答话的人驳倒;它是为别人打灯笼的,不然,那为什么它的灯笼不打在前面替自己照路呢？

自私的巨人呵,可以醒一醒了;萤火虫都燃烧自己去照亮别人,你们却……

可耻的声音

在古代,假如有人想订一条夜里不准用火的法律,那是每个人都会骂他荒谬的。

"别提啦,古代!太野蛮啦!"我耳边,有这样的声音。

唉,真是愚蠢而卑微的声音!你以为古代比现在还蛮还荒还黑么?古代的人是爱火的,爱到近乎崇拜的程度。

火,是他们物质上的宗教。

而且,正因为靠了火的帮忙,人类的生命才流传到今天,人类的生命才不会被冰河、寒冷和禽兽所吞噬。可是,可是,现在我耳边响起这样可耻的声音来了。

不错,我知道,有人忘记了火了!

但是,真的以为现在不是古代,就真的不再有冰河出现么?而且,真的没有了吃人的禽兽在夜里活动么?请注意,注意左近那些衣冠漂亮的。

月

为什么要歌唱月亮呢?

我想,除了她不自私,把光辉传播给大地的一点外,月亮是不好的。

月亮圆圆的时候,她像一面镜子,她用许多温柔而诱惑的光手来逗你幻想一些美丽的事情;可是,镜子里的美丽是现实的吗?你做梦了,梦得太贪婪。

月亮弯弯的时候,她像一枚钩子,她用许多温柔而诱惑的光丝来兜捕你,引你上钩;教你想家,想幼时,想你亲近过的女人,甚或还想到孩子。等你的思路钻进那钩子的尖端,月亮下去了,把你所有的思想都残酷地带走,剩下的只有空寂、落寞和苦恼。

那么为什么要歌唱月亮呢?

纤　　夫

纤夫走在自己的汗里,
船走在水里。
纤夫为了成全别人,为了使别人都到达目的地,他牵着一根缆,牵着旅人的希望与感激。
靠了纤夫的劳苦,游子都纷纷上岸找得了归宿。
纤夫没有归宿吗?有的,他也有一个家。在家里,有他的妻儿和妻儿的眼泪。

[真 理]

一群年轻诗人围坐在灯下,他们谈着真理。

有一个魔鬼跑来了,他说:我想参加你们的晚会。

接着,他拿起粉笔,在地上写了两个字:真理,而且另外又加了一个括弧。写完了,他嘲笑地说:"我看,你们的真理要加括弧!"

"真理还有你们的我们的吗?"青年人叫了起来。

"当然有呀,这不是我一个人的意见哟,我有同志的啦。"他走出去叫了犹他进来,犹他,就是那个出卖耶稣的刽子手呀。

他们俩开始一问一答了:

"你说,他们的真理是该加括弧的吗?"

"该的!"

年轻人气了,起来质问犹他:"犹他,你抬抬头吧,看一看那十字架呀!"

"你是骂我出卖了耶稣吗?哼!'吾爱吾师,吾犹爱[真理]哩!'"

魔鬼乐得打哈哈。

小　楼

迁居到这小楼,有三个月。

小楼像一座中世纪欧洲的囚堡,但是,楼主却并不设想他就是那被囚的勇士。

小楼离地千尺,距月亮更近,距星星更近,因而楼主苦恋上了星月苍白的光晕,而且他的脸色也贫血了,像一张白纸那样白,也像一张白纸似的永远挤不出血。

在白天,楼主紧闭窗户,他不喜欢太阳。

他并不是不曾晒过太阳,相反的,从前他是有过紫铜色的皮肤的。

东风有时也拂动窗帘,但小楼的主人生命已告静止,已告冻结,况且高空中的东风不比地面,它缺少那股春天的花香。

楼　　居

小楼像是一个壳,主人陷在其中;但是他仍然失望,甚至有点儿愤懑,他嫌这壳还是太大了!

他但愿眼睛缩进鼻孔里去,鼻孔缩进耳朵里去,耳朵缩进嘴巴里去,嘴巴把它们并同自己,一同吞进肚里去。

可是,这自然是不可能的。

他烦躁地推开窗子——

那远方是一座十字架,高高地矗立天际,他不由得想起:呵,现在只有宗教比我高了,我是不必惧怕尘土的飞扬了,我是高悬于现实之上了,我头上已经结结实实地顶托着宗教了。

然而,不幸的是:他顶托着宗教的是肉体,并不是灵魂。

于是,他开始寻找灵魂。

跳　　楼

他开始寻找自己的灵魂。并且,寻了很久。

他望了望天,有一片饱满的云,鼓着腰膀,像是对他生气。

他望了望窗,有一只乌鸦,悠然地刷着羽毛,像是对他调侃。

再远,他望不见什么了,茫茫然的,浑浑然的,没有界线,没有尽头。

他复又遍身地细看自己,没有收获。

他苦痛极了,"哎哟"吐出一声轻喟。最后,很不得已地低垂了头,看了看他向不愿看的地面。

"呀!"他发现街头走着许多青年男女,都像是很熟悉,而且他的灵魂居然附在那里,跟着忙碌,但又在百忙中夹着一丝嘲笑。

他像被针刺了一下,接着,跳出了窗门。

教堂的晚钟响了!

祈　　祷

没有罪的,为有罪的祈祷。

那么,上帝也会为无罪者祈祷。

但是,有罪的却也为没有罪的祈祷起来了,他们说:"老虎扛起枪来打猎人,猎狗做了老虎的卫队,而且,地球是方的,阿门。"

真的么?这世界真的颠倒过来了么?

假的!不是的!——但是,我又不能不承认是真的。请看吧,如今老人哭得像小孩子,小孩子却早熟得像老人……

歌　王

你歌唱得真美！

然而,你说你唱得不好,我想这就如同太阳谦虚地说它自己不亮一样。

年纪的大小是以青春的存在与否做标尺的,唱歌,也是一样。

你的歌是多么年青而有情感呵,我听见就像看见一个结实的生命一样。

可是,你的歌为何那样忧郁呢?千万要劝你别过于抑积你的忧郁呵,有了便要抛弃,不然,我真的担心有一天你会整个儿地爆炸。

不灵的圣水

有三个法利赛长老去见耶稣。

可是,他们路上必须经过一团团的烂泥,于是,他们心里都想着:"哎哟,糟糕透啦!我全身都要溅满泥巴了;回头怎样见太太呢?"

"怎么办呢?可惜哟,我的洁白如雪的衣裳。"

"谁是这儿的行政长官呀?这样的路!"

"送到洗衣公司去,又不知要好多钱了。"

后来,他们到达了耶稣的所在,但同时为了跋涉的缘故,已经是满身十分污脏。

他们齐声向耶稣诉苦抱歉:"为了主的神圣、洁净,我们穿着污衣,太冒渎了呵。"

"难道你们的心就不脏么?"耶稣冷冷地瞅着他们,"你们用圣水去洗洗看——"

但是,圣水不灵了,因为他们撒谎。

(作者按:这故事并非出自《旧约》,是我编的。)

倒 败 的 城

有一天维苏威火山爆发了,那座光荣的庞贝城给埋进了地下层。

为什么有这种惩罚呢?维苏威火山,告诉了我原因。

"荒淫无耻的罗马人呵,你们有罪了!

你们整天喝着葡萄酒,但,那是罗马奴隶泪水酿成的呀!你们整天玩弄着犬马,但,那是夺了千万奴隶的口粮换来的豢养呀!

你们在城堡上竖起王旗,旗在飘舞,你不知道骷髅也在旗的下面跳舞吗?

你们在科利色姆筑起斗兽场,挑选最有力的奴隶去和兽打,你不知道奴隶的愤怒正在一百度,而你们的欢乐却建筑在生命底零度上吗?

如今,有罪的罗马人,我已经从根推翻这城了,你要警惕呀,你要忏悔呀,马上奴隶就也要从根推翻你所有的城了!"

讽刺的墨水

我飘零过许多城市。

我每到一个城市,就要到店铺去买没有讽刺的墨水,可是,我是全然失望了,因为我从不曾买到它。

店家也许摇摇头,脸上露出一个苦笑。也许胆大一点的,他就低声耳语说:"唉,怎样的呵,哪里会有没有讽刺的墨水呢。"

我默默无言。

为什么一定要用"讽刺"做原料呢?

为什么到处都是一样的呢?

我想:要是一旦墨水里竟不再掺讽刺,那一定是童话变成现实的时候。

新 生 代

"救救孩子!"旷野里有人呐喊。

那声音是凄厉的,是愤怒的,而且,是孤独的。

豺狼当了保姆,棺材成了摇床,鬼火就是孩子们的灯。

他们的亲生父母干什么去了?

——在哭。

在哪儿哭?

在好远的山上。

为什么要到那边去哭呢?

——因为这儿的保姆说:哭会影响孩子的教育,是应该禁止的。

铸　　剑

我们在铸剑!

一只鼎镬的里面也是上面,沸腾着黑铁;外面也是下面,沸腾着红火,红火加黑铁,我们铸剑!

"咚——"有人跳进去了。

骚动,赞美,黑铁炼成青钢。

这不是神话,这是现实。

伞

朋友走的时候,丢了一柄雨伞在这里。

我把它拾来用,在下雨的晨光。

而下雨天,或是起风暴的日子,又往往最容易教人想起朋友,我举着伞,像伴着朋友。

多么荒谬的遭遇呵,朋友走后,我竟然一直伴着伞,很少分离,因为这地方开始了一个雨季。

雨像一根拉不尽的锁链,它把天地化作一间大囚笼。

朋友,你适逢其会地替我留下雨伞,这是成全了我啦!

在苦闷窒息的雨季,这是武器。

我擎着它整天在街上行走;不但是为了向雨抗议,我还为了到各处去寻找阳光的踪迹!

桂　冠

诗人说：

"什么时候起我被叫作诗人？

想起来真要教人哭泣。"（艾青：强盗和诗人）

诗人，你哭泣什么？你是说你在巴拉斯山上遗落了你的竹叶刀吗？但是，你不是已经另外拾着了一支鹅毛笔吗？你曾将诗人比作强盗，但是，你却忘记了在这地方强盗是什么人了！

在真正强盗制造法律的地方，是认为杀一人者为贼的；那些杀千万人的却是英雄了，却被歌颂了。

谁不知道比较呢？——到底是少数坏人该死，还是大多数好人该死？

诗人，所以，你还是戴起桂冠来吧，这是那"该死的"多数人赐给你的光荣呵。

因为，在现代是不需要那虚无党式的强盗了。

因为，诗人呵，你已经用鹅毛笔保护过我们了。

藤 的 故 事

藤,是土地母亲的不肖子。

你看他多么不像他的兄弟呀,他的兄弟,不是参天的大树,也是结实的灌木。

先瞧那大树,他挺拔、英俊、庄严,经得起时间的熬炼,有千万年的不朽的寿命。他就是一切刚性美的化身;是一股原始的力,是一个野蛮的生命。你可以把他比作任何好的事物,当你赞美他的时候,感觉到他岸然的骄傲,他像英雄。看他雄浑博大的气概,又一似忠厚的长者。若说他在风中吟唱的姿态,却又如同一位年老的隐士。

再说那灌木,他精警、朝气、均匀,全然是一个新鲜的生命;因为他小,显得他永远青春。只要有他生长在前面,那前面就是有希望的地方。他点缀小山、平原、人家,他不分城乡,传播一些绿色,扩展一些春天的据点。他招来投宿的小鸟,小鸟就给人以美丽的歌声。总之,他是一幅画,他能满足人类某些具有温柔细腻情愫的感官的需要。

"你怎么去形容大树与灌木的关系呢?"

好,我可以回答你:大树是领袖,灌木是群众。

现在,说了这么多,我要谈到藤了。

藤,我多么不愿和不屑提起他来呵,他没有骨气,没有力量,只懂得趋附攀依,而且根底又扎得不深却一味地横行,像古代的已经灭种的大爬虫,巴不得占有这所有的土地!

想占有这土地,哼,多么大的谎骗! 多么谬的野心! 多么愚蠢而自私的梦想呵!

然而,不幸的是这世上藤却最多,遍地是藤。他们互相纠缠,互相依托,最后,他们来去交织,织出一个王朝,大家都分着了薄弱而可耻的统治了。

怎样抑制这畸形的发展,好让大树小树生长呢?

我不说了,请你想一想。

草 上 有 神

草上有神。

我并不是在这儿标新立异,企图创立什么宗教;我也不是泛神论者,崇拜什么万物有灵的学说。我只是感觉着草的魔力,我爱草。

我只是说,我认为牛羊是靠吃草长大的,然而它们挤出来的却是乳汁。我又向往那矫健的男女骑手,策马奔驰过茫茫的草原。我更惊奇于沙漠中的绿洲,不仅是因了它的美丽、新鲜、神秘,而且是赞佩造物的至善和感激那恩惠与慈悲。还有,有草的旷野是朴素、明朗而迷人的,我对那有新鲜空气,能呼吸自由,前途宽阔的草原,是有着一个不可告人的梦啊。

绝　崖

绝崖是不见阳光的地方。

世上最恶毒的鸟多半栖止在那儿,最恶毒的蛇也都盘踞在那儿,他们预言最不吉利的事情!说是:听说太阳死了!

但是,太阳并不曾死,只是那万丈的绝崖包庇了黑暗而已。

只有三两棵山生的灌木盘盘曲曲的仍然向着天空发展。

他们为什么呢?为了追求阳光呀!

一千年,一万年,或者他们仍见不着太阳,然而,他们是这样追求呵!

毁 掉 吉 他

我拨动僵硬的手指,弹奏起吉他,可是声音突然冻结。啊,成了一个无声的世界了。

吉他是充满着感情的,但纵然它就是一匹情感的野马,也会在雪原上为难啊。

我知道,情感,在今天已消失了它的用途。

那么,在不能歌唱或者唱歌无用的时候,我为什么不毁掉吉他?

逃

不知道在什么时候,有过这么最胆小的一个人,他生长在山地,山地有老虎;他搬进森林,森林里有豺狼;他去到河边,河边有鳄鱼;他安居于城市,城市里又有老鼠……最后,他没处可逃了,于是抢天呼地地叫了起来:"救命呀!我活不下去啦!"

这时他头上响起了两种不同的声音。

一个说:"你不是害怕它们,你原来是害怕你自己啊——可是,你为什么要害怕自己呢?"

另一个说:"啊,来了来了,我来救你,告诉你,你赶紧抓起自己的头发往上面提起来吧,这样,你便可以离开地面,升到天上来了。……"

这个人选择了后者。

然而,他并不成功,这话也并不灵验。在他为失败而着慌的那一刻儿,他只觉得晕眩、急躁、愤怒、怨恨、绝望,于是什么可怕的东西都似乎出现,在他眼前。看呀,老虎从前面跳过来了,狼又在背后嗥叫,鳄鱼狰狞地张开了口,而老鼠又走脚下溜了过去。

——他,他,他也就吓死了!

童话与法律

在没有法律的地方,我们不敢追求童话。只有法律变成了物质力量的时候,我们才宣言童话的最后目的是在于代替法律。

童话是前一代人类所梦想的东西,假如它实现了,便是后一代人的法律。法律是后一代人的对祖先的祭礼,它保证那童话已被实践到了何种程度;但是,只要童话一日不完全代替法律,那人类便永远还是祖先的不肖子孙!

[雅　歌]

"有土地的快种罂粟!

"有米谷的快酿鸩酒!

"有活力的快跟我来!

"有思想的快信宗教!"

灭亡之神立在十字街头,一壁向行人赠送他的[圣经],一壁高声唱着他的[雅歌]。

"鬼火是你的光明!

"坟墓是你的归宿!

"我带你跳一次灭亡的艳舞!

"芸芸众生啊,你得救了。……"

撒　　旦

春天，撒旦（撒旦是伊甸园中的一条能言的蛇，它是恶魔，诱惑亚当夏娃偷食禁果。）从洞里爬出来，可恶的太阳便立刻把热辣辣的光线射到他背上。

撒旦觉得很愤恼，他想：为什么春天一到，太阳就特别刺眼呢，或者是说，为什么太阳一回来，春天就跟着降临人间呢？可是，撒旦又不能不顾虑到，太阳毕竟是一团火脾气，又那么大，的确不太好惹；于是他赶忙装了个笑脸，想打个招呼了事。

"太阳先生，早上好……哎呀，我要做祷告啦。"

太阳不曾理他，撒旦只好做祷告，打算把刚才这个没趣掩饰过去。

"感谢主的恩宠，今天早上我多幸运呵，一出门便碰见光明……"他大声朗诵，说到这儿偷偷地抬起眼角向太阳瞟了一眼，然而，太阳不动声色。

"我该感谢那伟大的、美丽的、崇高的、无上的、神圣的、纯洁的、伟大的——"撒旦吃了一惊，猛然记起，"伟大的"已经说过了一遍。

"我该感谢那灿烂的、辉煌的、金黄色的，像橘子一样的——"不知什么道理，撒旦想起了伊甸园里美味多汁的橘子。

"哎，热烈的、温暖的、公正的、多情的、肉麻的——"撒旦也觉得自己说得太肉麻了，心中这么一想，嘴上不禁就脱口而出，接着又偷看太阳一眼，只见它依然无动于衷。

"哎，该死！呵，该死的太阳呀——"他原来是责备自己说错了，但心上不免迁怒于太阳，结果便索性公开诅咒太阳了。

太阳知道，前面的形容词都是多余的，最后一句，这才是撒旦真正要说的话呵。

木 乃 伊

我听你说木乃伊的故事。亲爱的历史先生,这已是重复讲述第八遍了啊。

我虽然有兴味去听,可是,怎奈我有着太多的怀疑,妨碍了我的思考与理解,你能让我向你倾吐质询吗?

木乃伊是真的不朽吗?世间保留下来的为何都是帝王肉身?那些为帝王涂抹香油膏脂的奴隶皂臣哪儿去了?永远不朽的应该是他们啊。他们用血汗供奉一人,他们尸骨堆积得比金字塔还高,而他们在历史上竟享不到一天的光荣!

你教什么历史啊,光荣不能属于木乃伊,光荣属于奴隶!

暗　　巷

暗巷,是贫民窟,是闹市华灯所照射不到的地方。

远远的所在,或许偶尔会飘来一声轰响,一支小曲,或是一片霓虹光;但是经常在这儿震荡回旋的却是:老人的絮叨、丈夫的叫嚣、妇人的哭泣、孩子的打闹,以及三期肺病患者沉闷的呛咳……那远方发生的一切,对这儿似乎毫无影响。

他们没有安静,没有喜悦,更谈不上什么目的,也无法实行什么追求;他们只是被"人"牵着鼻子走,这个"人"的名字叫作生活。

他们还不懂得相信自己,他们只相信命运。他们把自己当作世上最卑微的臣民,唯一的野心是企盼有一个更公道的王。而现在,他们的统治者是黑暗、饥饿、疾病、愚昧和寒冷。

于是,他们便只好相信宗教,但又诋毁宗教;他们也会互相同情,但又互相残忍;他们已经稍稍有一些不满,但是两手仍然恭顺得像脚一样地爬在地上。

在这个国度,暗巷何止千万条? 不过,据说我们的历史家是向来不打暗巷里过的哦!

汲水的女郎

清晨,我来到一个井旁汲水,有一位隆起脊背,用碎布包裹着身躯的少女正在那儿汲水;不知怎的,突然我心上生起了不道德的灵感,这一种浪漫的情绪令我把她描摹成画,想象成音乐,排列成诗。

我记起来一幅题名《村女汲水》的有名油画。

——初秋天气,是一片晚霞烧树,是三两只倦鸟归巢,画面上布满了高高的闪着银光的白桦,林子前面有一条小河,唱着欢乐的歌,画中的少女,头上顶着瓮水,正踏着落叶浴着夕辉穿过林子回去,在林子那边淡淡地缭绕着几道炊烟,那儿有她的家。而且,我猜想,一定有她的亲人在门口等候她的水去开晚餐啦。

我复又背诵起一首题名《边防军与女》的名诗。

——那是在一个美丽的国度的边境线上,也就是新与旧、文明与野蛮的分水岭上,一个士兵同志口渴了,他向井边汲水的女郎讨口水喝,一杯、二杯、三杯……他一面慢慢地啜饮,一面用那爱祖国一样深情的目光紧瞅着女郎。女郎深深地被他感动了,她起来要求他再喝一杯,而且,他们便在井边待了很长久的时光。

等我来得及让这些思绪从脑中过去,那井上的少女已汲好她的水了。她抬起头,教我很吃惊:哪儿是青春?哪儿是光彩?哪儿有红晕?哪儿有娇喘?她发丝蓬乱,面色蜡黄,眼中饱含泪光。

我很抱歉,我的良心好像被人猛抽了一鞭。

于是我只好搭讪地问她:"姑娘,这水甜吗?"

"唉——在我们这地方,是不会有甘泉的,先生。"她这样回答。接着,挑起水走了。

我悲哀地望着那背影,在水的重压下,她颤抖得像一根将断的弦。

墙 头 草

墙头有株小草。
这株小草,我很注意它。
我看见它在狂风中倒了又站起来了。
我看见它在岁月里黄了又绿起来了。

胡　　须

对于一个年轻人，胡须的发现生长是一桩很重要的事情。它象征着生命已经进入另一个阶段，自己的童年与少年也就更加成了回忆中不可侵犯的、值得宝贵的装饰。

同样的梦，同样的想象，在孩子气没有褪脱殆尽的时光，别人说你天真、幼稚，甚至会赞你有天才；可是岁月把人拖过二十年，那同样的评语就变成了讽刺与嘲笑。时光真无情啊，同一种字样竟会包含着截然不同的内容与意义。

然而，有胡须的便只能做一些荒唐庸俗的行为么？不，我的回答是：不！成年者依然会有梦的，不过，他的梦可能因为在愚蠢中显得聪明，或者聪明而被目为愚蠢，但它毕竟是一篇富有现实性的童话；它仍然保持那一股纯真与生气，更蕴蓄着严肃的事业感。这种梦和小孩子的梦分别就在这里。至于为什么如此呢？——那是因为，因为这样做梦这样想象者有了胡须。

疯　妇

一个疯了的女人在街上奔跑,一群人却也疯了似的在街上追逐。

她为什么疯?我不知道。不过,一个人的精神要失常,那她的生活一定是不很满意的吧。但是,那后面追逐她的一群人又为了什么呢?这个我倒知道。他们一定也是生活得很不满意,所以他们才去追逐、嬉戏、取乐。——他们与她之距离,仅仅是精神还不曾达到失常的地步罢了。

那么,他们本应该最同情她,最怜悯她的,但他们并没有给她这些。我只好,只好希望追逐嬉笑之后的片刻静止,或许会给他们罪疚了!

呵,好残忍的世界!人情也被你歪曲了!

家　　蛇

依我们家乡的传说，认为是每家人家都有一条家蛇的。

但是我很怀疑，这蛇究竟是为了什么原因来到人类的居所呢？这事实是表明一种什么意义呢？

我不明白，这种蛇是否是撒旦的子孙。

假如是撒旦的子孙，我必然迟早会看穿那撒旦的衣钵，而且一定呵斥它离开我睡觉的床前。——我是不需要有噩梦，不需要它的毒舌，不需要听花言巧语的啊！

不过，说出我的心思，我倒的确幻想有那么一天，让蛇都失却了贪婪狠毒阴险的天性，而和人类亲善，那才真教人欢喜呵！

长　青　树

"长青树",你说:"多美的一个名字呀。"

你赞美得那么出自衷心,严肃的光从你栗色的眼睛里闪烁出来,我知道,你那容易颤抖的心灵已为这迷人的名字所感动了!

的确,这名字是美的,是迷人的。可是,当时我并没有应声同意。我笑了,我记得使我激动的倒并非什么长青树,而是你赞美它时的神气。

而今,朋友,你已经离别我关山万里;你临走时反复叮咛着通信呀,联络呀,可是我却一直为生活所困恼,不曾有过安定,自然,也就不曾有这份坐下来执笔的闲适。

现在,我写信给你了,就写长青树的事吧。

"我告诉你,我此刻很苦闷,可是别替我着急,因为有长青树呵,有你所喜爱的长青树。呵!我仍然有青春,有希望;你瞧,它是怎样地碧绿和新鲜呵!……"

《夜深沉》

我知道有这么一个曲子，它的曲名是《夜深沉》；我也听朋友奏过若干次，每次每次，我都会为之嗟吁太息不已。

这曲子太哀感动人了，它是这烦嚣污浊的世界上唯一纯洁的呻吟，唯一纯洁的怜悯，唯一纯洁的良心……多少被侮辱者都期待这一声低诉，这一阵呜咽！

这曲子是来自夜所统治的王国，它是那被禁锢的被压抑的弱者的抗议。而他们是无力或是无法参与那一个走向黎明的行列的。

走在夜的前面的，突破了夜的勇士和先进者，你们切莫忘记这一曲《夜深沉》呵，切莫忘记那消失在黑暗浓处的无辜者呵！

长 庚 星①

我听见人家说过：就在我们这个世界上，有一个荒凉无边的沙原。在那儿有着千万个小国，然而也有一个万王之王。而且我知道这王的权威，并不是依赖他的什么武力，而是建基于他的豪迈和道德之上。

但他是个什么模样的人呢？我说不出我对他是多么向往，多么慕念。

——谢谢自己的幸运，今夜我见着他了。他原来就是长庚星。

天空原就是这荒凉无边的沙原，在那儿有着千万个小星星，然而也有一个万星之星。他的名字，你知道，他知道，我也知道，就是长庚。长庚星，就在我们这个世界上。

他出来的辰光是那么短暂，他出来的神气是那么严肃，他来到这儿，的的确确是为了美好，为了光明。你瞧，他一来，便像母亲唤儿子一样把众星都带走了，但是他带走并非为了自私，而是回到屋里，用一道箍，把儿子们箍成一个大球，箍成太阳。

你不相信么？请想一想吧，不正是他一来便引导了黎明？

好在人类也不是不知感恩的动物，我们不是把他唤作"长庚"么？愿他万寿无疆，万寿无疆，万寿无疆！

---

① 编者(刘粹)附注：自《夜灯》始，至《长庚星》，共36篇，当年曾以《夜梦抄》为总题，于1947年7—8月间连载于《中国新报》副刊《文林》，其中一部分同时发表于《野草文丛》。

中国要爆炸

有一天,
我走一个地主的仓库旁边过,
里边没有人,
　堆满了粮草五谷,
突然,我听见有个声音说:
　　炸了吧,中国!

又有一天,
我走一个军队的仓库旁边过,
里边没有人,
　堆满了枪炮军火,
突然,我听见有个声音说:
　　炸了吧,中国!

更有一天,
我走一个官家的仓库旁边过,
里边没有人,
　堆满了秘密案卷,
　突然,我听见有个声音说:
　　　炸了吧,中国!

我走遍所有的城镇、村落,

这个声音都紧紧跟着我；
它反复地说，它执拗地说：
炸了吧，中国！
炸了吧，中国！

我走在中国，
就像走在火山上，
只要轻轻地，轻轻地
用手指头一戳，
立刻，会喷出漫天大火！

       1947年7月　南昌

什么是革命?

把一万字的宣言,
缩写成一千字的短篇,
这个,
并不叫作革命。

我曾经
读过一个句子:
路易十四说:"朕即国家!"
瞧,四个字,比你还短!

然而,
人民还给路易十六的,
更短;
只有三个字:"断头台!"

1947 年 7 月　南昌

(《野草文丛》第八集《春日》)

发了酵的白面包

那些
吃白面包,
胖得
像白面包一样的家伙,
他们的
一切
也都是发了酵的!

捏一把,瘪气,
撕一下,粉碎,
他们
永远比不上红糙米结实!

1947年8月　南昌
(《正大学生》副刊《呼吸》)

送你一枚刺

希望有一种
打不破窗玻璃的暴风雨,
更希望,
有一只海燕
在壁上飞;
(姿态要优美!)
于是,
你好落笔:
勇敢呀,战斗呀,
这当然是
革命的诗句!
而且
特别适宜于演员朗诵——
在、室、内……

1947年8月 南昌

八月十九日的早晨

清晨起来,
我告诉孩子:
"快去,对那张相片
一鞠躬。"

孩子不肯,
他说:"爸爸,
你告诉我,他是谁
我才鞠躬。"

我说:"他叫作鲁迅,
他是——
第一个
喊'救救孩子'的人……"

"呵,原来
这个胡子伯伯,
他是顶喜欢我们的,
好,爸爸,我鞠躬。"

1947 年 8 月 16 日　南昌
(《中国新报》副刊《文林》)

是一个漆黑的夜晚

是一个漆黑的夜晚,
你我漫步在林间,
除了呼吸与脚步一切都已睡眠,
除了呼吸与脚步一切都已睡眠。

你祝福我的平安,
我请求你快回转,
什么都说了而又什么也说不完,
什么都说了而又什么也说不完。

心是一张无弦琴,
情感是待谱写的乐音,
还是静默吧请夜莺替我们啭鸣,
还是静默吧请夜莺替我们啭鸣。

擦亮仅有的火绒,
记住含笑的泪眼,
再握一次手再相互道一声:明天!
再握一次手再相互道一声:明天!

1947 年 12 月　南昌

现在不是哭泣的时候

现在,不是哭泣的时候。

现在,不是用哀伤的词句去描写悲剧的时候。

在忧叹中徘徊,在泪水里划船,在绝望中上吊的日子,早过去了。

现在,不是以自己的泪去逗引别人的泪,不是以自己的苦脸,去配合别人的苦脸的时候了。

现在,是以自己的笑,去教别人化哭为笑,是以自己的热去接合别人的火,是以自己的坚韧去增加别人的坚韧的时候了。

反对哭泣吧,

哭泣会使我们意志变成灰烬!

哭泣会使我们的骨头变成海绵!

我们需要战士一样健康的情感,我们需有爽朗的蔑视一切卑污的笑声,我们还很年轻,虽然走的是风雪的路,但我们有理由可以走到春天的原野。

现在,把眼泪揩干吧,

是风,就向着一个方向吹吧,

是雨,就向着一个地方洒吧,

有嘴巴,就张开来,

有脚,就要走路,

只是不准哭泣……

1948年1月19日 南昌
(《野草文丛》第八集《春日》)

啄 木 鸟

茫茫的
露西亚莽原
是夜莺的
家乡
而我们
我们受难的祖国的森林呀
啄木鸟才是它的守护神。

很远很远的年代以前
啄木鸟
就是我们
神话的源泉

笃,笃,笃
是啄木鸟的劳动
第一次
唤醒了
酣睡的智慧

第一次
刺激了
先民的神经

——火

　　热

　　　光……

燧人氏

便代表了

这集体的发明

燧人氏

是啄木鸟的

得意门生

呵,啄木鸟

中国的

最初的启蒙

最初的文明

原是

绽开在你嘴上的一朵火花呵!

火花,火花

从此我们有了熟食

　　　　有了温暖

在历史的轨道上

我们像得到了一匹千里马……

亲爱的

啄木鸟呵

我们是永远不会忘记你的呀

我们是真正感谢你的呀

就在豺狼最狰狞的时候

我们
也一样跳起来战斗！
而且
大叫：
保卫
啄木鸟！——
保卫
我们民族底
　　神圣的
图腾！

今天
中国又在血海里打滚
蛇和蝎子
组织了法庭
说是：
要审判反黑暗的人！
要拷打反阴谋的人！
于是
啄木鸟的名字
上了黑名单
啄木鸟
也判定了罪名：
第一，提倡言论自由
第二，不应该吃害虫
第三，散布火种

啄木鸟呵
被放逐到远方的深山里去了

笃,笃,笃
临走的时候
啄木鸟
抱住了中国叫：
"我
就要回来！"

"我
就要回来！"
不错！
每一个离开乡土的人都会回来
（为了再收回！）
每一个压缩了的拳头都会回来
（为了更有力！）
啄木鸟呀
快准备好你的火花
我们受难的祖国底森林呀
几秒钟以后
立刻燃烧！
立刻爆炸！

1948年2月5日
(《武汉时报》副刊)

屠夫与刽子手

屠夫宰猪羊,刽子手杀罪犯,然而君子远疱厨,抡起大刀的也并不是统治者本人。

可是,屠夫与猪羊之间,刽子手与罪犯之间,没有仇恨;真正的仇恨躲到哪儿去了?阴谋是它的外衣,还绣着一球一球的花朵:仁爱、慈悲、恩惠、文雅、中庸、道德、法律……君子不欣赏猪羊的哀鸣,皱起眉头来听杀声,但又口沫四溅地品滋味;至于操权力的独夫,那更是必须化满脸戾气为祥和,才好视人民为猪羊。

一切的屠夫背后有一个最大的屠夫,同样的,一切的刽子手背后有一个最大的刽子手;然而猪羊安于,至少是无知于其被宰割的命运,但人民却不!但我们却不!

这一个大屠夫同时正是大刽子手,不过他决不承认这个,纵使承认,也只会承认自己是屠夫,因为他们希望的是:视人民如猪羊,而且安于猪羊的命运!

人民不能中计,切勿叫他作屠夫,他实在是个大刽子手,实在是想做屠夫而不得的大刽子手;叫他屠夫,是贬低了自己,是贬低了战斗。

要看清呀!屠夫还他屠夫。

刽子手还他刽子手!

1948 年 2 月 14 日

(《野草文丛·春日》)

奴隶的诗篇

真理
被放逐,
斗士
被格杀,
阳光
照不到这块土地……

黑暗
封锁着
城市,
街上
没有了
行人,
只有
小丑和谣言
在证明
法律,
在享受
自由!

春天
关进牢狱去了

但是
就在牢狱的
高墙上,
有个聪明的
刽子手,
扎了
一朵纸花,
插在那儿
掩饰
他们的
统治!

纸花
在污浊的空气中
迅速
褪色,
迅速
苍白,
刽子手
慌了,
只好
用屠刀上的
血,
去涂抹。

血!

斗士的
血!
在冬天的
暴君的
祭坛上,
做了
春天的
伪装!

可是,
伪装
还是戳穿了,
因为
那花朵
不曾
招引到
蛱蝶,
却
招引了
一大群
苍蝇!

人们的
眼睛
雪亮,
人们

知道
这是怎么一回事,
人们
互相望着,
望着那
全都加上了锁的
嘴唇,
是怎样痛苦而激动地
颤声
抖出一串誓言:
"好……
好……
咱们知道,
又
记上一年吧!"
那——
昔日飘扬过
战旗的
旗竿,
被斫倒了,
所有的森林
都被砍倒了,
所有的手臂
都被缚住了,
魔鬼
害怕

手臂似的森林,
害怕
森林似的手臂,
害怕
群众的
旗帜!

恐怖
在进行,
黑暗
在进行,
时间
在拖着它们
推着它们
进行。
它们想停顿,
停不住,
它们想占领,
占不稳,
最后
它们发怒了,
只好
用更残酷的
更沉重的
更恶毒的步子,
来践踏我们!

来糟害我们!

好!
来吧,
来吧,
让饥饿,寒冷,迫害,
一齐来吧!
我们
挺起胸跟你拼了!
——呸!
跟你?
哼!
我们是要迎接,
迎接
风暴,
迎接
血腥的
最后的
而且
一定胜利的
斗争!

"郎当……郎当……
郎当……"
听着!
暴君、魔鬼、小丑们,

听着!

远方

囚徒身上的镣铐响了!

"啊,欢迎!"

"万岁!万万岁!"

"起来!

不愿做奴隶的人们!……"

1948 年 3 月

(油印诗刊《铁兵营》第 10 期)

出　　走

我是被那个城市所放逐的居民,
然而这个城市对我也不加理睬;
昨夜我在沉默中到来,
明朝我在沉默中离开。

这些个城市只能给我以仇恨和悲哀,
这一个和那一个完全是孪生的怪胎,
虽然它们都自称是中华,
却总也找不见真的我爱。

我决心背上一万双草鞋,
大步踏过这一片空白;
走呀,走呀,往前面走呀,
走向那兄弟那姊妹那快乐之所在!

1948 年 3 月　杭州

笔　　祭

没有想到,今天我要放下你。而且,又不是我自己所愿意的。

记得你曾敏感地领受过我的激动,用你写出来的字迹是多么潦草呵。这样的潦草,使得每一个看见的人都大为惊讶,然而然后又笑了!他们知道我心中是有多少话迫不及待地想拥挤出来呵。

还有,用你写出来的字迹又是多么难看呵。有的曲折,有的歪倒,有的几乎要重叠在一起了;这样的难看,使得每一个看见的人都大为惊讶,然而然后又理解了!他们知道我心中是怎样地充满着愤怒与希望,热爱与感动呵!

我应该写呀,我不能停止呀。

我的笔就明白我,它是我的第二种呼吸。

可是,我却不能写了。

今天,我眼里噙着泪水,向我亲爱的笔告别了,我要请你原谅,请你饶恕。笔呀,你怎么不是一杆枪呢?而我自己又怎么不是一个勇敢的士兵呢?

笔,你知道我已经蒙受了怎样的一种污辱吗?笔,你知道我打算怎样把这污辱吞下肚里去吗?

笔,从今天起,我们约定,沉默——像子弹待在枪膛里似的沉默。

但,别把我和我的笔逼得太狠了,当愤怒涨得太满了的时候,连石头都会爆炸的!

1947 年岁暮写于南昌

(1948 年 10 月 14 日《中国新报·新文艺》)

我 们 之 歌

送老友黎先耀远行

今天送你走,
我们老觉得是送一群人走,
我们在你身上看见了千千万万中国年轻人的影子,
我们在你身上看见了千千万万中国年轻人的意志。

我们知道,假如把北方比作太阳,
那我们都不过是永远朝它看的向日葵,
我们能够抬起头来朝它看,
那完全是因为它给了我们温暖;
或者把我们比成数不清的小星星,绕日而行,
那么我们能够有一点儿光,
也完全是靠太阳的赐赏。

你笑着说,北方虽然下大雪也比南方更暖和,
我们懂得你的意思,凭着我们对"气候"同样敏锐的感觉,
为什么北方不比南方更暖和呢?
当人回到了真正的人底社会里,
人的灵魂就可以全身赤裸,那怕是零下三十度……
那儿既没有了奴隶主的皮鞭,帮凶们的冷箭,
恶狗,和反动军队的枪杆与绳索,

那么,自然界的风雪就算不了什么,
难道我们能够忘记,纵然是江南的六月大热天,
只要特务敲门,就能使人感到可怕的沁入骨髓的严寒!
自由! 温饱! 尊严! 可以活得像一个人;
这就是北方比南方温暖的道理,
这就是西伯利亚比赤道非洲温暖的道理。

我们的头脑是被辩证法、唯物史观武装起来的,
我们的头脑是被最黑暗最潮湿的牢狱武装起来的,
我们的头脑是被两千年来祖先们反抗失败的教训武装起来的,
我们有了这么许多武装,我们就可以战胜一切!

把自己当作珍珠看待的日子过去了,
把自己描摹成各色各样英雄的日子过去了,
不再相信中国历史上那些为不劳动而辩护的胡说了,
不再把书本一册一册叠起来当作个人晋身的阶梯了,
我们不是牛羊了,因为不被宰割,
我们也不是刺猬了,因为没有隔膜,
我们学会了诚恳与切实,
我们习惯了集体的生活,
我们的一切,再也不从自己出发!

对于我们,别离已经不是感伤的代名词,
相反的,是胜利与胜利比赛的契约!
从那挥手道别的一刻开始,
送行的与被送的便算是签了字;

在我们各自的工作中原就到处都有斯泰汉诺夫运动啊,
让我们全体举手宣誓,
大家都争取做光荣的斯泰汉诺夫运动者!
也让我们再说一遍:再见!再见!
在新民主的人民共和国!

1948年12月　香港

我们是十三个

　　南京来人说:在最近大恐怖中的被捕者,已经有十三个学生和职业青年,遭到了特务的秘密杀害。姓名不详。

我们是十三个,
没有名字的十三个。

没有人知道我们死了,
没有人能找得着我们;
我们没有一块碑,一张遗嘱,
没有的,没有的,我们活着的时候紧张工作,
没有工夫想到死。

你们不用寻找我们,
骨骼、腐烂了的皮肉,以及斑凝着血迹的绳索,
都已经不是我们的标记,
难道你们不知道
在中国的旷野,曝尸的实在太多了。

你们不要再寻找我们了,
找不着的,找不着的,
雨花台附近的地下?
抑江门外千丈深的岸崖?

那被深深掩埋了的黝黑可怕的瓦罐?
那裹着石头沉在江心的奇怪的麻袋?
是的,是的,
对这每一个问题我们都愿意回答一声:是的,
是的,到处都有我们,
我们在全中国。

记得在我们被处死的前一晚,
我们之中有一个曾经向大家这样发问:
喂,兄弟,有没有感觉到就要来临的那桩事情?
其余的人答道:感觉到的,但是并不恐惧。
感觉到的,但是并不恐惧。
这就是我们最后一次的全体宣言。

嘭!嘭!那个狱卒在敲隔壁号子的门了,
嘭!嘭!那个狱卒在敲对面号子的门了,
这样的声音究竟什么时候会在我们的门上响起来呢?
我们没有去理会。
我们关心的只是:
那被提出去并且立刻就会被杀死的同志
是怎样完成自己的?

我们留心谛听那渐渐走远了的脚步,
我们贪婪地抓住每一句话,每一个断续的音节,
我们兴奋地响应了一声带头四周爆炸的《国际歌》,
我们为那简单有力的道别辞"同志们,再见!"感到光荣。

死,的确是很平凡的,
我们的死和他们的一样。

我们十三个是哪月哪日死的?
连自己也不知道,
我们只听到山林中的鸟儿在不安的喧嚷,
猜想那总是接近黎明的时分,
杀人犯是那样急迫地要弄死我们,
大概是天快亮了,他们已经没有足够的时间来选择。

戴着黑面罩的特务把我们十三个拆开,
有的被押上汽车,拖到荒凉的野外,
有的被扎入麻袋,丢进了划向江心的小船,
"团结就是力量!"
他们很早就熟悉了我们的口号,
所以他们是这样的胆怯和害怕,
连死都不敢让我们死在一道。

我们每一个都是普通的人,
在死亡前的一分钟,
我们也一样地想起了母亲,爱人,
最初的罗曼斯,朋友,书籍,
营火会,诗歌朗诵,
美好的食物,故乡,心爱的纪念品,
和孩提时代的故事……

然而像闪电一般照亮了自己的思想的，
却是祖国的号召、同志们的勉励，
和许许多多的慷慨的英雄故事。
你红色的十月，你为暴动所摇撼的冬宫，
你二万五千里的长征，你冰封的延安，
你在土地革命中被地主残杀了的农民，
你被保皇法西斯匪徒从悬崖推向大海的希腊游击队员，
你佛朗哥西班牙越狱的政治犯，
你无辜遭受三K党酷刑拷打的尼格罗……
啊，感谢啊，感谢，
感谢你给我们以无穷的力量！

在我们倒下去的时分，
我们的心，正贴向祖国底土地与河床，
此刻我们念念不忘的是
人民什么时候，能够完全翻身？
我们又猛然想起了
阿拉贡①的辉煌的诗篇：
"假如要从头来过……"

假如要从头来过，
——就从头来过！
假如人能够生一千次，

---

① 阿拉贡是现代法兰西的著名诗人，《假如要从头来过》是他在沦陷时期的作品。曾经登载在当时的地下报纸上。

让我们一千次都生在中国,

假如革命要求我们死一千次,

那也就让我们一千次都死在中国罢。

中国!中国!

我们是怎样永远激动地热爱着自己的人民和祖国啊!

我们死了,没有基督,没有弥撒,

我们死了,我们的灵魂走向地底的王国;

我们既然敢向人世间的炼狱挑战,

我们就决不再害怕别的什么。

然而,地狱的门不是为我们开的,

它不承认我们的死亡。

它说:方志敏、瞿秋白、

　　　李公朴、闻一多、

　　　于子三、王孝和……

　　　都不在这儿,都不在这儿,

　　　你们都活着,你们都活着……

啊,我们都活着?

对,我们都活着!

我们不是那种躺在床上静静地等待死亡的人,

死亡不能属于我们!

而且刽子手也没有资格宣告我们已经死去,

相反的,我们倒是敌人灭亡的最可靠的证人!

同学们,

同志们，
不用再寻找我们了，
千真万确的
我们都活着，
我们——就——是——你——们！

1949 年 1 月　香港

枕头的故事

爸爸坐牢的时侯,
妈妈托人送去一个枕头;
妈妈说:"愿他夜夜睡得好,
只要能熬下去,
活着就是战斗!"
可是,第二天枕头被退了回来,
说是:"他不用枕头了!"

妈妈懂得这是什么意思,
她把我们兄弟叫了去,
一手抱着我们,
一手抱着枕头,
说:"孩子们,你们,你们……
爸爸永不回来了!"
我们听了便哭起来,
妈妈也眼泪直流,
但是,妈妈立刻说:
"不哭,不哭,爸爸的好孩子不哭!"
我们也就搂着妈妈说:
"不哭,不哭,爸爸的好妻子不哭!"

后来,哥哥要去解放区了,

临走的时刻,他要求妈妈
让他带走这个枕头,
妈妈说:"不,孩子,生产打仗要紧,
怎么能背着个枕头?"
不过,她答应了哥哥,
一定会像爱护自己的眼睛一样,
爱护这个枕头。

现在,我们的军队打来了,
哥哥也要回来了;
妈妈又重新检出了那个枕头,
还和我们偷偷地开了个会,
讨论把它摆在什么地方
才能使哥哥一眼看到,不用寻找?
"首先,"妈妈提议道:
"应当拿出去晒晒干燥。"
接着我就说:"哥哥打胜仗,送给他睡觉。"
弟弟不同意,他说:
"胜仗不是哥哥一个人打的,
枕头应该向大家慰劳!"

妈妈跳起来,
抱着弟弟叫:
"好儿子,好儿子,你的主意顶顶好!
哪个部队先进城,
枕头就一定送给他们!"

于是,
我们大家都笑了,
我们大家都哭了,
我的眼泪滴在妈妈脸上,
妈妈的眼泪滴在弟弟脸上,
弟弟的眼泪滴在我脸上,
我们就这样快活地尽情地哭着,
哭了许久许久……

1949 年 3 月 30 日　香港

我们是魔鬼,我们是上帝

我们是魔鬼!
我们是上帝!

对于那些喝血的统治者、
　　高利贷资本家、
　　官僚、党棍、大地主……
我们是魔鬼!
消灭他们!
这就是我们的法律!
不是我们消灭他们,
就是他们消灭我们,
不是我们服从他们的法律,
就是他们服从我们的法律,
如果我们要翻身站起来,
如果我们决心不再倒下去,
那么
就没有选择!

没有选择!
这就是我们还在活着的证据!
就是我们还能活下去的证据!
就是我们会一天比一天活得更好的证据!

没有选择!
我们既然做了敌人眼中的魔鬼!
我们就一定是自己的上帝!
中国人民
大胆地嘲笑一切的神灵和拜物教!
我们的命运,
子孙的命运,
人类的命运,
都掌握在我们自己手里!

1949 年 10 月 5 日　香港

守望在祖国的边疆

我们守望在祖国的边疆,
守望在远离北京的地方,
从这儿到北京,
路很长很长……

离我们面前不到几十公尺,
就是帝国主义统治的地方,
丛林,泥沼,出没着虎狼,
夜里还闪着可疑的火光。

有什么阴谋在那里躲藏?
那些卑劣的敌人,是什么模样?
假若战争就从我们脚下开始,
我们应该怎样提防,才能打得漂亮?

这些困扰人的思想,
常常震动我们的枪,
可是,北京哪,只要我们一想起您,
就浑身都是力量!

哦,北京,我们共和国花园骄傲的花王,
我们心中最神圣的地方!

我们在这里警卫着边疆,
也就是警卫天安门广场!

谁能为保卫祖国而战斗,
谁就能得到最大的荣光;
如果我们必须交出生命,
祖国也决不会把我们遗忘。

北京哪,您看一看我们吧,
看一看我们这些国境线上的哨岗!
胸脯挺得多高,眼睛燃烧着勇敢的光芒,
我们的脚——就像生了根一样。

我们的哨岗全都是这样的哨岗:
年轻的、自豪的、坚定的哨岗;
祖国既然命令我们站在这儿,
我们就一寸土地也决不退让!

高原上的冷风虽然猖狂,
但我们火热的意志决不会冻僵!
北京哪,您放心吧,我们警觉的眼光,
每一秒钟,都巡逻在国境线上。

美国强盗和它收买的一群喽啰,
正在山的那边四下张望,
它们全都怀着恶毒的心肠,

总想找一个机会,跳过来把我们咬伤。

如果它们一定要来碰碰运气,
——那就让它们来吧!
我们一切准备停当,
它从哪里来,就把它在哪里埋葬!

告诉北京,告诉祖国,
我们忠诚于您,就像向日葵忠诚于太阳;
假如明天开仗,我们一定胜利,
我们是您的英雄儿郎!

我们守望在国境线上,
守望在远离北京的地方,
三千里、五千里不算什么,
北京和祖国一样能听见我们的歌唱!

1951 年 6 月 1 日 昆明

我们的国徽

我们热爱自己神圣的国徽,
金色的希望,红色的血,
为了装饰她——
我们贡献了一切最美好的事物。

在我们的国徽上记载着胜利,
也记载着人民的英勇和刚毅,
既不是渺茫的梦幻,更不是骇人的怪物,
她——是我们革命的全部果实。

钢铁的齿轮飞转不息,
稻穗和麦穗拥抱在一起,
劳动变成了快乐而光荣的事业,
人民的生活一天更比一天富裕。

站在雄伟的天安门上一眼望去,
金星照耀着的祖国是多么辽阔美丽!
六亿人民为创造和建设付出的汗水,
将要把祖国引向最理想的社会。

当我们歌颂国徽的时候,
我们的意思是在暗示:

歌颂我们伟大国家的缔造者,
人民的领袖、父亲和至友毛主席。

高高举起我们灿烂的国徽,
党带领我们前进,永不疲倦也从不畏惧,
坚强的工农联盟和各族人民的团结,
一定能把敌人的阴谋打得粉碎!

1951年10月1日

兵士啊,你们要小心

这不是平静的国境,
在那边住着的
也不是和平的邻人,
兵士啊,你们要小心!

一队边防军
沿着国境巡行,
握紧枪,睁大眼睛,
捕捉每一个声音。

突然天上出现一个黑点,
大家的目光都被它吸引。
这黑点愈来愈大,
滚动着,扑击着,终于掉在队伍跟前。

"一只漂亮的鹁鸪!"
班长把它拾起仔细看清,
小鸟痛苦地半闭着眼睛,
原来左翼下面,凝结着一道血痕。

伤口不算大,
也许只是擦断一根筋;

找了又找,找不着火药枪弹的碎片,
看了又看,更不像中了猎户的暗箭。

"依我看,是用的普通子弹!"
"打差了,才沾上一点儿边!"
"不简单,这里面一定有原因!"
你一言,我一语,大伙儿低低议论。

班长叫大家肃静,
他说:"同志们,要镇定,
小鸟伤得怪,但即便不碰上这,
咱们也一样要提高警惕性!"

他们爬过一架岭,
他们蹚过一道涧,
发现河边泥地上
刻着人的脚印。

脚印踩成小水洼,
水却相当浑,
准是有人刚喝过水,
藏身在附近。

班长盯住前面的小树林,
心中暗暗决定:
"全班散开,

搜索前进!"

包围圈愈缩愈紧,
战士们愈来愈细心,
拨弄树枝、石块和草茎,
观察地上可疑的灰尘。

土匪藏在草棵里,胆战心惊,
逃?——他逃不出去,
开枪?——他不敢拼,
投降?——他又企图侥幸。

战士小王心灵眼尖,
他早就看出了破绽;
天上不刮风,
为啥那边的草尽打颤颤?

他大喝一声,
一个箭步蹿上前:
"谁?快给我出来!"
说着又故意扳了扳枪栓。

"别开枪,大军,别开枪,大军,……"
土匪抖抖索索,支起上身,
只见他一头大汗,两脸发青,
浑身是黄泥和草根。

哼,一个带枪的土匪!
一个没有护照的歹人!
原来他打算偷越国境,
在这一带东躲西藏,绕了三天整。

就是他想吃鹌鹑,
可小鸟被打落在山那边;
就是他刚喝过水,
可又留下了犯罪的脚印……

上级传下来嘉奖令,
表扬这队边防军;
从此他们每天带着奖状出勤,
好像是带着双倍的责任。

这是不平静的国境,
在这边住着的
是祖国和人民的命运,
兵士啊,你们要小心!

自从来了边防军

自从来了边防军,
各族人民享太平;
自从来了边防军,
姑娘们的山歌唱不停!

方圆三百里的泉水,
要数南山的清,
边界地上的姑娘,
要数我长得俊。

天上的星宿万万千,
顶不上一颗红五星;
年轻勇敢的边防军,
打动了我的心。

我私下早就决定了,
可怎样对他去说明?
央告阿爹阿妈吧,
可又实在难为情!

——那天你帮阿爹盘田,
浑身是泥来浑身是汗,

劝你歇歇你不肯,
给你茶水你不沾唇。

有心敬你一袋烟,
你只随便看一眼;
就是你不仔细看,
我也一样羞红了脸!

——那天我下河去汲水,
你在岸上把岗站,
我汲水直汲到日当午,
影子才汲到桶里边。

手提水桶跑进门,
我小盅尝来大盅饮;
阿妈问我:这样渴?
我说河水分外甜!

——那天我上山去割草,
遇见你打柴在老林,
我一刀割在脚背上,
为你流血血淋淋……

忍住疼,我不吭声,
只当你会来问一问;
草里的山鸡还咯咯叫,

你却半点不知情!

管你知情不知情,
我反正早已下决心;
要不就让我变成枪吧,
跟你,随你,不离身!

     1952年11月14日

畹 町 行

一

我来到了畹町①,
我来到了边境,
对面就是九谷,
对面就是缅甸。

小河当中流过,
铁桥架在上边;
桥头立着战士,
红旗忽闪忽闪!

铁桥属于我们,
这事情叫人高兴;
它好像伸出去的手,
带着友谊和同情……

这双有力的手,
伸给缅甸人民;
让我们团结起来,

---

① 畹町是滇缅公路终点,李弥残匪盘踞附近。

共同保卫和平!

二

得到特别许可,
我把铁桥走遍;
不是用我的脚,
而是用我的心。

我的心告诉畹町,
我的心告诉边境:
如果我必须重新诞生,
我也只愿做中国人!

为了祖国的土地,
我流过血汗,
因为悲痛和激奋,
多少个长夜失眠……

和我有同样经历的
是六万万人民,
他们授权给我,
写诗警告敌人!

1952 年 11 月 15 日

车过惠通桥

雄伟的惠通桥,
横挂在怒江上边,
汽车飞快地驶过,
它闪都不闪。

钢浇的缆绳,
铁架的拱门,
两头还警卫着
赛过钢铁的解放军。

我们造这样的铁索桥!
我们有这样的守桥人!
不知为了感激还是骄傲,
满车的乘客都抛出了歌声……

两岸的高山入云,
长满大片森林;
今日的树木——
明日的书本!

汹涌澎湃的江流,
听来好像雷鸣,

今日的水——
明日的电!

我们有这样壮丽的河山!
我们有这样丰厚的富源!
不知是为了骄傲还是感激,
满车的乘客都抛出了歌声……

      1952 年 11 月 16 日　保山

母 亲 的 心

热风吹过边境,
挟着婴儿的啼声;
是谁家给我们祖国
送来了一位公民?

母亲们被它扰乱,
心里不得安宁;
她们跑来跑去,
想把消息打听。

这啼声响得吓人,
惊动了国境哨兵,
听着听着他笑了,
仿佛自己做了父亲。

凭着士兵的敏感,
他听懂了婴儿的语言;
——我会保护你的,
快快长大成人!

发觉哨兵也在笑,
母亲们更加高兴;

——你看,又一家添丁,
大军哪,你又多了一份责任!

1952 年 11 月 18 日

这是个美丽的地方……

这是个美丽的地方,
这是个迷人的地方,
一切是这样朴实粗犷,
一切是这样难以想象。

山顶积雪反射着六月的阳光,
请你告诉我它们究竟谁亮?
鸟儿在高空冻僵了翅膀,
落下来,却栖息于嫩绿的黄杨。

山上流下来的雪水冰凉冰凉,
地底冒出来的温泉滚烫滚烫,
起初它们隔着土埂哗啦啦地淌,
后来便互相拥抱,彼此浅尝……

跨上玉龙山顶举目一望,
你可以看见三条大江并排成行①;
前后左右都在轰隆隆响,
你知道这一声声是来自哪些波浪?

---

① 三条大江指金沙江、澜沧江和怒江。它们之间相距最近处只有八十里。

荆棘长得碗口那么粗壮,
原始森林纵横上百里长,
海拔三千公尺的山湖有渔人撒网,
如果湖底透明,那鱼儿就游在天上。

遍地都是用不尽的财宝,
遍地都是开不完的矿藏;
云母多得叫人想砌门窗,
石棉多得叫人想做衣裳。

它丰富,但曾经贫困,
它美妙,但曾经荒凉;
拿喜人披了几千年的羊皮,
西藏人赶了几千年的马帮……

这就是美丽的丽江,
这就是迷人的丽江,
等待着开垦的处女地哟,
能带给它春天的,只有共产党!

1952年12月1日　丽江

兵 士 醒 着

三更半夜时分，
祖国睡得正香；
可是兵士醒着，
他在守卫边防。

"什么在天空照耀？"
"瑞丽江上的星光。"
"什么在兵士肩头？"
"人民发下的刀枪。"

瑞丽江上的星光，
它比别处明亮；
年轻的边防军，
他比谁都强壮。

"蓝色的瑞丽江
是不是你的家乡？"
"我是喝黄河水长大的，
我的家在北方。"

从瑞丽江的湍流中
能听出黄河的急响，

祖国的每寸土地，
他都爱在心上。

"我愿当一辈子的兵，
我愿扛一辈子的枪。
祖国您放心吧，
有我把守边疆！"

1952 年 12 月初稿
1953 年 5 月 1 日重写　昆明

和　平

边疆三月的夜晚，
天空发蓝而且透明，
空气中饱含水分，
土地在等待春耕。

四外是这样宁静，
鸟儿也不再啼鸣，
忘记了睡眠的青年，
正隔着窗棂儿谈情。

偶尔滑过一颗流星，
好像是落在山顶，
小狗爱管闲事，
昂首发出吠声……

一切是多么美好，
这就叫作"和平"；
和平人人都热爱，
理解最深的只有哨兵！

1953 年 3 月

军 用 鸽

我们不养普通的鸽子,
我们养军用鸽。

在我们看来,
鸽子不仅仅是一种象征,
它也可以直接保卫和平。

　　　　　　　　　　　1953年6月11日　大理

路　　遇

接到边哨换防的命令,
我们背上背包,开始行军,
一整天不见人烟,
钻的尽是深山老林。

虽说驻守边疆的生活
我们是早已习惯,
可还是不得不使劲唱歌,
来驱散讨厌的沉闷。

忽然,晚风送来阵阵铃声,
也送来亲切的内地口音,
原来是大队马帮
护送着探矿的人儿回北京。

"同志们,好呀,
探到了什么宝呀?"
"哈,摸摸驮子就知道啦,
金银铜铁锡,多得说不了哇。"

"你说,这边疆是块宝地吧?"
"是呀,一点儿也不假!"

"快把矿山修起来啊!"
"保卫矿山得靠你们哪!"

我们和地质勘察队分了手,
重新唱起歌儿往前走,
这回歌儿唱得最响亮,
仿佛人人都加了油。

群山听见我们的歌声,
纷纷起来响应;
这歌声有着奇怪的魔力,
甚至能叫草木振奋。

我们歌唱祖国的现在,
我们歌唱祖国的未来,
有一天,荒山上凿满矿井,
高耸的铁塔像新的森林……

我们歌唱军人的荣誉,
我们歌唱军人的天职;
就在我们来回换防中,
边疆将变得难以认识!

1953年8月3日 昆明

心　窝

有一个傣族姑娘，
爱上了边防军士兵，
每天黄昏时间，
徘徊在营房的窗前。

有时她抛进一个口袋，
有时她留下一方头巾，
上面总绣着一行傣文：
"送给全体同志们。"

爱情把她折磨，
心事没地方说，
毛主席的人一般能，
叫她挑哪一个？

有时她疯了似的唱歌，
有时她哑了似的沉默，
问她究竟为什么，
她只是戳戳心窝……

1953 年 8 月 3 日　昆明

这颗心无比忠诚

我是一个边防军士兵,
走遍了祖国多少省份!
在黄河我饮过马,
在五岭我露过营。

如今我守望在西南边境,
保卫着千里绵延的国防线,
哪怕敌人怎样狡猾凶狠,
休想拔我脚下的草一根!

如果一旦祖国需要,
必须辞别边疆远行,
我一定坚决执行命令,
可是,得悄悄地留下我的心。

我的心要留在这里,
这里,道路通向千万个家庭,
这里,地底下有战友们长眠,
这里,在建筑人间的乐园……

我不需要赤道上的阳光,
别人的阳光,只能使我感到寒冷,

我的祖国有着广阔的天地
来容纳全体士兵的爱情。

不论我走到什么地方,
不论我遭到什么命运,
我的心将永远在高原,
佑护着亲爱的各族人民!

祖国啊,请您相信,
这颗心无比忠诚,
凭着它就能战胜灾难,
凭着它就能实现和平。

1953 年 8 月 6 日

手 风 琴

晚饭后的游戏时间,
战士们学习手风琴,
忽然来了邮递员,
叫大家快去拣信。

只有一个年轻小伙子,
收到了一封家信;
他的琴虽然拉得蹩脚,
可是今晚他最走运。

为了不让大伙寻开心,
他悄悄地躲过一边,
拆开一看——
真叫人害臊又高兴!

"我在等你,你放心!"
一字一句听得真,
他想起这个写信的人,
不由得闭上了眼睛。

呔,赶快学会手风琴,
准备将来回家门,

说不出口的拉给她听,
她能听懂就结婚……

从此他拉得十分出色,
仿佛找到了什么窍门,
人人都了解其中原因,
剩下个教员独自吃惊。

1953 年 8 月 7 日

明天的边疆

告诉我,明天的边疆
会是个什么模样?
我说,回答这样的问题,
需要伟大的理想、信心和力量。

比方说,我们脚下这座山吧,
就决不会有人来荷枪站岗;
人们也许会在这儿搭起帐篷,
但那是为的旅行、打猎或是采矿。

国界将从地图上永远泯除,
地球成了你我的家乡,
凭着劳动到处都能生活得好,
分什么人种,黑、白、棕、红、黄!

红河、怒江、澜沧江,
自然早都盖起了发电厂;
可能它们也成了落后的技术,
原子能会带来新世纪的曙光。

没有战争,没有血,没有死亡,
庄稼丰收,地上流着蜜汁和乳浆;

人活着:正直、聪明、美丽而健康,
——一百岁的寿命不算长。

人类也许根本无法生出翅膀,
可是生不出翅膀又有何妨!
只要人人都有一颗自由的心,
走路也就等于飞翔……

这一切,对人民还不过是个希望,
如今乌云仍然密布在我们头上;
资本主义的恶鬼是这样疯狂,
它拼命挣扎,妄想把罪恶恢复原状。

不!我们要保卫祖国和"今天"的边疆,
让美好的事物飞快生长;
人类历史的过去与未来,
正是衔接在我们身上。

你的问题我不能回答得更好,
剩下的只有依靠我们的信心和力量;
如果我们不开路前进,
光有理想又怎么样?

1953 年 8 月 13 日　昆明

西南解放纪念章

我带着西南解放纪念章,
守卫在漫长的国防线上;
这块土地是我亲手把她解放,
为了这祖国发给我奖赏。

带着它我牢记住炮火烟雾,
带着它我忘不了万里风霜,
带着它我追念那死去的战友,
带着它我决心要保持荣光!

昨天的敌人虽已死亡,
血海深仇还记在我的心上;
这个仇恨每天对我附耳言讲:
警惕!警惕!警惕境外的豺狼!

我带着西南解放纪念章,
守卫着各族人民的家乡;
这块土地肥沃辽阔多宝藏,
劳动生产到处建设忙。

带着它我日夜放哨站岗,
带着它我巡逻在国境线上,

带着它我更要握紧手中枪，
带着它我就变成了铁壁铜墙！

美帝国主义虽然疯狂，
它应该看看我的纪念章，
如果它胆敢偷袭亲爱的祖国边疆，
我就和纪念章一同去把侵略抵挡！

1953 年 8 月 24 日

拉萨来的姑娘

拉萨来的姑娘,
你为什么不跳舞?
年纪轻轻的
为什么就爱孤独?

  不该唱的歌,
   唱起来一定做作;
   不该享受的快活,
   享受了就是罪过。

有什么了不起的忧伤?
赶快把它遗忘!
这样热闹的"锅庄"①
怎能在一旁观望?

   天上多的是星星,
    但亮的只有北斗;
   地上多的是男人,
    我爱的才藏在心头。

---

① 一种藏舞。

要说跑马射箭,
好汉都出在中甸;
勇敢天下有名,
而且懂得温存。

　　不是这里的青年不好,
　　是我不敢轻浮;
　　既然答应了那牧羊人,
　　我就该把他寻找。

帐篷你挑着住吧,
酥油你随便喝吧,
住久了,喝足了,
你就会答应嫁了。

　　多谢你们让我住好,
　　多谢你们让我吃饱,
　　日出了,天亮了,
　　我就上马走了。

1953 年 8 月 30 日　昆明

候鸟飞回故乡

阳光照射着北方，
候鸟飞回故乡，
冲破四月的烟瘴，
歌声愈来愈响亮。

在那南方的邻邦，
在那被奴役的土地上，
囚徒傍着铁窗，
倾听候鸟欢声歌唱。

"候鸟啊，我们一齐唱，
歌唱那茂密的水草，
歌唱那丰盛的食粮，
也歌唱囚徒的希望！

"候鸟啊，借给我翅膀，
让我们比翼飞翔，
飞到那幸福的国家，
飞到你亲爱的故乡！

"我的祖国终年炎热，
我的人民却不见阳光，

候鸟啊,驮我去远方,

带回来自由的太阳……"

1953 年 9 月 12 日

登高黎贡山

我登上高黎贡山顶峰
看云雾在脚下浮动,
怒江像一条长龙,
戏弄着万里天风。

数不尽的烟囱,
望不断的田垄,
千万平方公里的版图,
都收入我的眼中。

自由的富足的强大的祖国啊,
我们做了主人翁!
说不完的热爱,
一齐涌上心胸……

1953 年 9 月 19 日

隧道中的光明

汽车在隧道中穿行,
周围是黑暗又寂静;
地底下腾起股冷风,
吹得头灯闪烁不定,
山水滴落下来,
好像雨打篷顶。

孩子紧抱住父亲,
惊慌地低声发问:
"爸爸,出了什么事情?"
"别怕,有解放军叔叔把守洞门。"
他鼓足勇气睁开眼睛,
果然,阳光照着"八一"红星……

1953 年 10 月 12 日　碧河公路

向列宁格勒的工人敬礼

十一月七日,我看见朝霞升起,
照亮了涅瓦河铅色的流水;
它仿佛打我脚下潺潺流过,
虽然我和它相隔万里。

当年荷枪巡逻的赤卫队
曾经在这儿预言过胜利;
如今在街头走过的行列,
正就是他们自己的儿女。

我知道这座城市有许多的鲜花,
然而叫她变得美丽的是新的人类;
我知道这座城市有强大的警备,
然而叫她变得无敌的是党的真理。

我是一个中国的边防士兵,
我在一条完全不像涅瓦的河边守卫,
在这儿,在我心上,扯起一面红旗:
向列宁格勒的工人敬礼!

1953 年 11 月 7 日

雾啊雾啊

滚过蜿蜒的盘山公路，
攀住趸船和渡轮的缆绳，
循着深巷里的无数石阶飞升，
大雾笼罩着重庆。

  它封闭每一扇窗户，
  它模糊每一双眼睛。

天空是这样低垂，
仿佛直压迫着屋顶，
阳光好比沙漠中的雨水，
落地前便消失了踪影。

  像锈斑腐蚀了钢铁，
  雾，损害了城市的风景。

然而长江十分顽强，
静静的嘉陵江也是一样，
透过灰蒙蒙的烟瘴，
她们勇敢地闪射光芒。

看那水手和纤夫啊，

正在甲板上来回奔忙,
并且毫不在乎地哼着小调,
准备解缆启碇开航;
新下水的船只发散着漆香,
满舱装的都是机器和食粮,
只等待信号一声响,
就将把它们分送四方……

然而我们火热的生活照样进行,
紧张地劳动,愉快地休息,
头脑始终保持清醒。
曾经有过一个肮脏的悲伤的黑暗的重庆,
但接着便来了战争、红旗和革命,
暴风雨扫清了腐烂的骸骨,
人民迎接了一次真正的日出。
如今虽说大雾依然,
劳动者却做了城市的主人。
有敬爱的毛泽东在前面引领,
任什么雾气也阻挡不了我们前进!
重庆,和祖国一道上升!

看啊,从马路那边,
走过来一列整队上学的的红领巾,
红灯! 红灯!
交通警察庄严地抬起手臂,
停止了所有车辆的驰骋,

轮胎温顺地立定，

隔着玻璃窗送过来驾驶员的笑声……

小学生们在雾中穿过街心，

红领巾像火炬一样

照亮了他们自己远大的前程！

雾啊雾啊，

你快快消散！

在这样可爱的孩子头上，

应该有一片明亮的蓝天！

1953年11月15日　浮图关

夜车到重庆

薄暮时分,
汽车开到长江边。
铅色的水流上面
凝结着沉重的暗云;
远处有幢幢的黑影,
是船?是码头?还是行人?
车轮转动,积水搅拌着泥泞,
上坡,下坡,马达吼叫,
仿佛在急切地发问:
重庆在哪里?
哪里是重庆?

汽车在昏暗中过渡,
又在昏暗中爬过山顶,
陡然一个急转,
万家灯火扑上脸!

是不是天上的星宿
都被摘落在地面?
是不是闯进了宝山,
夜明珠颗颗耀眼?

而就在这一瞬间,
沁透了汗的咸味的煤烟
随着喧闹的市声
卷进了我的眼睑……

哦,无数巨大的烟囱,
像古代的黑色的龙,
直挺挺地顶着天,
隔几秒钟,喷一次火焰,
只要它舌尖舔一舔,
天就烧红半边!

也许正在轧钢轨,
为的是把铁路修到国境线,
也许正在制造涡轮,
有一天好带动金沙江水发电!

钢铁的城啊,
重工业的城啊,
我唱上我的第一支歌,
请你
把它列进生产日报表中间!

1953 年 11 月 16 日　浮图关

封闭起来的防空洞

依山凿成的防空洞
像一只死了的闭起的眼,
露珠挂在睫毛似的草梗上,
仿佛昨日遗下的泪痕。
洞口钉着铁皮和木板,
凄厉的警报,忧愁和愤恨,
黏着血丝的弹片,
腐败的像防空洞一样窒息人的旧政权,
八个年头的全民族的灾难,
都像这只死了的闭起的眼,
蒙上历史的灰尘……

附近的石岩上,
不知谁贴了一张传单,
字迹已经模糊难辨,
但过往的行人
都要停下来默念:
保——卫——持——久——和——平!
反——对——侵——略——战——争!

1953 年 11 月 17 日　浮图关

哎,心爱的三叶树呀[①]

> 柔软的橡胶,却是强硬的武器。
>
> ——摘自手记

朋友,请翻开地图,
找一找南方边疆,
并且把你的目光
投向某一处山上。

再也看不见那无边的草莽,
地面早已被犁成一行一行;
黑色的分泌着油质的土壤
曝晒着酷烈的阳光。

是什么人来这儿开荒?
打算种稻子还是杂粮?
难道不怕热毒和潮湿?
也不怕寂寞和荒凉?

朋友,既然你要询问端详,
只好领你去把主人探访;

[①] 橡胶树的每蓬叶子都是三匹并生,因此又名三叶树。

好在他们住得不远,
山脚下结了几间草房。

主人的名字一律称作科学家,
有的才长胡髭,有的须发苍苍,
桌上堆满了试管和书籍,
人们清一色穿着白的衣裳。

还有一位殷勤好客的主妇,
她的芳名叫作"理想";
你也许看不见她,
但她的确在你身旁。

这一家人过得实在和睦,
祖国是他们真正的家长。
他们培育橡胶树,
就像人民培育他们一样。

主人将会骄傲地对你讲:
这就是未来的橡胶园,
它能给工业插上翅膀,
它能给国防筑成铁墙。

于是你再返回去仔细观赏,
忽然间眼前一切都变了样,
前后左右是一片绿色的海洋,

巴掌大的叶子正在迎风摇荡。

于是你拿出全部的诗人的想象，
仿佛树苗已经长大茁壮；
而你刚刚操刀一割，
顿时便涌出喷泉似的乳浆……

于是你不能不大声欢唱，
歌颂毛泽东同志的英明眼光，
他将制造那最大的轮胎，
把祖国载向幸福的远方！

哎，心爱的三叶树呀，
你快成长，快成长，
哎，心爱的三叶树呀，
你——快——成——长！

1954 年 5 月　橄榄坝

马 帮 的 歌①

澜沧的山

澜沧的山
是山中之王。
白云飘不过去,
在它左右彷徨;
老鹰飞不过去,
为它折断翅膀。
群山拱卫着它,
像星辰拱卫太阳;
敢于蔑视它的
——是赶马的汉子
　　和他们的马帮。

马蹄践踏山石,
地上迸出火光;
赶马人把鞭一扬,
铜铃叮当叮当……
铃声好比歌声,

---

① 马帮是云南边疆一种特殊的运输组织,过去多系由恶霸掌握,新中国成立后,已大部由国营贸易公司经营。赶马人终日在深山幽谷中来往,生活虽然十分辛苦,但他们性格豪迈,习以为常。旅行边地的人,常可以在途中听到他们的雄劲的歌唱。

唤醒人的力量,
唤醒人的想象,
牧童的眼神在说:
山那边的世界怎样?
——等我长大成人,
　也要跑上一趟!

谈　话

小兄弟,你别发愁,
我知道你还不习惯在深山里走,
可是你应该硬起心肠,
切莫要向自己的眼泪低头,
要不,大伙儿就都会因你而害羞,
你看,那匹小驹子,还不是和你一样年幼?

我们有火,
我们不怕野兽。
我们有歌,
我们不怕寂寞。
我们有刀,
我们不怕强盗。

1954 年 5 月 9 日　勐朗坝

这一片土地……

这一片土地
是我们祖先来开拓,
而为了保卫她,
做儿孙的我们又洒了鲜血……

这里的每一棵草,
都会唱我们的战歌,
这里的火光和风暴,
曾经叫多少侵略者丧魂落魄!

山是我们的山,
河是我们的河,
就是一粒沙、一滴水,
都只能属于中国!

1954年6月13日

祝福边疆战士

在早春的多雾的黎明，
我陪你上山去接岗；
烈日曝晒着六月的靶场，
你的带着咸味的汗珠
透过泥土滴在我的嘴唇上；
晚秋的淫雨季节，树木凋零了，
一张雨布为你我把寒意抵挡；
在哨棚中，我们共度高原的隆冬，
我合着节拍和你一起跳跃，
为的是温暖你冻僵了的脚掌。

我跟着你参加班务会，
我也跟着你走进课堂，
在周末文娱晚会上，
我的心分作两半：
一半在台下看你演戏，
一半在远处为你站岗……

当你珍爱地把军帽上的红星擦亮，
我便闪出一片耀眼的金光。
如果你在自己的菜园中播种，
我一定就是那泥土的芬芳。

有时我会驾着几瓣霜花,
飘落下来,抚摸你青春的胸膛;
有时我也化作一阵温柔的风,
午夜时分走来轻叩你的门窗。

忽而我变成一支雄壮的军歌,
从你阔大的肺叶里跳出来纵情高唱。
而在激奋的时刻,我便变成英雄的梦,
不让你发觉,就在你胸前缀上一排奖章。
假如不幸你为了什么事情烦恼,
我会来安慰你,和你一道沉思默想。
当你因为忠诚和英勇受到褒奖,
你感到似乎有只小兔儿在心口活蹦乱闯,
不错,那就是我,是我在悄悄地欢嚷……
我是字,我出现在你母亲的信纸上,
我也是灯,我照见她把一绺白发拂过鬓旁;
我是你妹妹脖子上的红领巾,
我也是镜子,我照见她像树秧子一样成长;
我是那个在河边柳条下等待你的姑娘,
她爱你的心永远不变,
正如我爱你一样。

我是合作社在草地上放牧的牛群,
我是金黄的谷粒,堆满了新修的粮仓,
我在牧童的芦笛上跳舞,
我在每一片能吹响的树叶上躲藏,

我是空气,我为你送来十里菜花儿香……

我是哗笑着从隧道中奔出来的火车,
我是那每天吞食几万吨煤的工厂,
我是细小的螺丝钉和精巧的齿轮,
我是操纵机器的工人的手,
我是指挥这双手的伟大的理想……
我是你熟读的心爱的书籍,
我是你寄回家去的喜报和奖状,
我是决不能辜负的各族同胞信赖的眼光,
就是在路旁供人采食的野果中也有我,
为了你,我巴不得饱含三倍的甜浆……

你还记得吗?在你参军那一天,
我曾经为你牵过马,戴过花,念过光荣榜,
接着我和你一起出现在硝烟弥漫的战场,
我亲眼看见你怎样替挂彩的班长裹伤,
我亲眼看见眼泪浸湿了你烧焦的衣裳,
我也亲眼看见你按住心头的悲痛,
一个箭步又窜向前方……
我认识你,我决不能把你遗忘;
我,我正是死去了的战友的活着的希望!

是的,在你应当憩息的时候,
我不声不响,把你拖进睡乡。
可是,在你必须睁开眼睛的地方,

我就是命令,良心,阶级的仇恨。
我们互相低声告诫,警惕起来!
疲倦和怠惰会解除我们的武装!
敌人就在面前! 同志! 握紧你的枪!
于是,我和你一同在战壕中偃卧,
不顾泥水肮脏而且冰凉;
我们在碉楼上并肩瞭望,
监视着敌人的每一个罪恶的勾当;
用迅速的动作,我们把子弹推上膛,
然后出发去巡逻乌云密布的边疆……

同志,哪怕你摔一跤,我的心也要跳一跳,
而你每前进一步,我就忍不住大声鼓掌,
我了解你,正如你了解你自己,
我祝福你,我的祝福能使你坚强!

你到底是谁?

我是祖国,我是党!

1954 年 6 月 19 日　孟连

孟连河之歌

我来到孟连的时候,
正是雨季涨水的日子;
在巍闪闪的桥头,
战士们对我讲了一个故事:

那是一九五〇年的夏天,
部队刚刚进驻边境;
残匪把国外地盘当据点,
四处窜扰,燃起暴乱的火焰。

有一次他们趁部队换防,
一直打到了孟连河上;
我们只留下一个班,
在桥头和三百个土匪对抗。

桥身被打穿了千百个窟窿,
十二个勇士却坚守不动,
他们决心要保住这座桥,
保住桥就梗住了股匪的喉咙。

这时援军已经和土匪接火,
无数箭头插乱了敌人的阵脚;

为了不让我军追击渡河,
土匪打算把大桥爆破。

子弹只剩下很少几发,
十二个勇士也全部倒下,
班长的伤势最重,
他已经昏迷,不会说话。

上十个土匪终于冲过桥来,
同志们躺在原地紧张地等待,
直到敌人走进有利的射界,
才把铅弹嵌入那黑色的胸怀。

独有一个怀抱炸药的土匪,
翻过栏杆,爬上了桥基;
濒死的班长这时忽然睁开眼皮,
剩余的几滴血叫他一跃而起。

仿佛有什么沉重的东西
扑通一声掉进了河中,
浪花卷着两个抱紧的身体,
立刻消失了影踪。

大桥被保全下来,
部队跑步向前开,
山上吹起了复仇的号角,

股匪全部落进了口袋……

你看,河水是这样绀红,
你看,波涛是这样汹涌,
孟连河日夜唱着悲歌,唱着悲歌,
她怎么也忘不了我们的英雄……

1954 年 6 月 20 日　孟连

进阿佤山

我们向西盟挺进①。
一千公尺,二千公尺,三千公尺,
前面还有更高的峰顶……

石头上长满苔藓,
遍山都涂了泥泞,
攀着枯藤,沿着巉岩,
三个担任向导的侦察兵
在茅草和刺蓬中寻找荒径。

挺进!挺进!挺进!
人喊,马嘶,惊醒了
断崖底下千年沉睡的凝云;
它被激怒了,暴跳起来
将我们团团围困。
看啊,桀骜的阿佤山哟,
就这样,
以它固有的暴风雨迎接了我们!

雨替我们洗净征衣上的汗酸和积尘,

---

① 西盟是阿佤山区的重要关隘,附近的西盟山为阿佤山的主峰之一。

风,又赶来替我们拧,
然后又是泼瓢大雨,又是狂风,
万重山上黑雾滚滚……

往后传,跟紧!
往后传,跟紧!
后面的人踏着前面的脚印;
往后传,跟紧!
往后传,跟紧!
我们彼此呼唤着前进!
听啊,阿佤山上响起了歌声:
毛泽东的战士,火热的心,
我们要把幸福送到边境;
看吧,马上就会云破天开,
阳光将和我们一道降临……

1954 年 5 月—7 月　阿佤山

谒侦察兵墓

在这不知名的山岭,
埋葬着我们的侦察兵;
为了解放阿佤山,
他献出了年轻的生命。

他像一只矫健的鹰,
只有折断的羽毛,
没有折回的路程。

边疆啊,你应该骄矜!
能埋葬这样勇敢的儿子,
这是你的荣幸!

岭上的荒草长得格外挺劲,
无数根须通向侦察兵的心;
这颗心借着山风怒号,
召唤我们前进再前进!

1954 年 5 月—7 月　阿佤山

礼赞阿佤山

有的山只是险。
有的山只是奇。
有的山终年积雪,
叫人们感到神秘。
有的山虽然庞大,
却像盆景一样纤丽。
有的山天下闻名,
不过是因了清凉的天气。
有的山名字叫作山,
其实是块平地。
阿佤山不是这样表现自己的,
阿佤山的特点是——
真正的无与匹敌的雄伟!

像一只攥紧的拳头,
像一顶发亮的绿色的钢盔,
像一曲唱不完的战歌,
像一座矗立云霄的丰碑,
不,不,阿佤山不能像别的任何东西,
阿佤山只能像阿佤山自己!

并非是阿佤山从来都值得这样赞美,

它曾经是被凌辱被宰割的躯体，
它曾经作过民族歧视的牢狱，
它曾经沦为异国入侵内地的桥头堡垒。
那像山上的石头、像石上的树根一般顽强的民族
曾经在这儿扮演了多少血的悲剧。
阿佤山能显示出它本来的面目，
全靠如今在山顶插着的一杆红旗。
是手擎红旗前进的军队
为阿佤山安上一副铁骨，浇上一层钢皮，
把它变得这样威震四方，不可摧毁！

哦，阿佤山，亲爱的阿佤山，
我们的拳头，我们的牙床，我们的腭骨。
你应该永远和我们祖国一样伟大！
你应该永远和我们人民一样有力！
如果敌人敢于爬上你的背脊，
就坚决把它抓下来！
把它捏死！把它踩扁！把它咬碎！
敌人的血固然龌龊，
不过，没有关系，
为了洗净你的手脚，
　　漱净你的嘴，
我们可以舀尽怒江水……

1954年5月—7月　　阿佤山

夜 的 狙 击

……漆黑的夜晚。

远远近近的寨子
都熄灭了最后一盏灯,
因为寒冷和疲倦,
狗在睡眠。

这时候,我们在江边出现,
每个人寻找自己熟悉的草棵,
把身子和枪支遮掩。
眼睛、耳朵、心,
——全身总动员!
把最大的力量放在扳机上面,
把最大的希望藏在枪膛里边。

嘎——咕,嘎——咕,
麂子在呼唤同伴;
忽而两颗绿星一闪,
金钱豹窜过我们身边……
谁敢侵犯我们?
就是在夜里,我们还是主人!

刮风了,讨厌!
一切都在晃动,
什么也听不见,
又浅又窄的小河对岸,
此刻不但黑暗,而且阴险!

每一滴血都紧张起来,
紧张起来,
保护祖国在夜里也不受伤害!

下霜了,
可我们并不是石头;
不管它在背上结得有多厚,
我们的热血能把它融掉!

起雾了,
它告诉我们:时间已近拂晓,
忍耐,等候,再忍耐,再等候,
不到任务真正完成,
狙击兵决不轻易微笑!

也许——一千次伏击
只有一次能杀伤越境的残匪①,
可是那剩下的九百九十九次

---

① 指流窜在缅甸的蒋军李弥残部。

也需要同样的警惕!
只要永远警惕,
就能保证一千次中
不会有一次白费!

哦,天快亮了,
我们悄悄地来,
我们悄悄地走,
一夜的狙击,已经落在我们身后,
而新的狙击之夜,
又出现在我们前头……

1954年5月—7月　阿佤山

会　哨

这一带是边防线,
残匪像蛇一样经常爬进来;
为了不让敌人钻空子,
我们时刻都要收一收"口袋"。

这支部队向西边去,
那支部队向东边开,
沿着浅滩,沿着悬崖,
眼睛和耳朵同时警戒。

在约定的时间,约定的地点,
两支兄弟部队会哨见面;
交换彼此的信号旗和情报,
也交换亲切的敬礼和拥抱。

然后我们又挥手告别,
心中盘算着再见的时刻;
为了祖国不受伤害,
我们甘愿奔波不歇!

1954 年 5 月—7 月　阿佤山

猎人的儿子
——写给袁应忠同志

你是屈辱的拉祜族的儿子,
你是强悍的猎人的儿子,
你是森林的儿子,
你是大山的儿子。

痛苦的乳汁把你喂养大,
绝望的老人传授你枪法,
独自拿枪对野兽和比野兽更凶残的世道搏斗,
这就是你过去的生涯。

你怀着一个问题走遍天下,
到处期望有谁能替你解答;
——为什么我们穷人尽受欺压?
到哪里能找到自由幸福的国家?

只因为来了共产党,
真理才能像金子一样发光;
袁应忠,照旧握紧你的枪!
来!参加解放军,和我们一道去打仗!

于是你换上了草绿军装,

把阿佤山当作了自己的故乡,
水里进,火里出,
一心为了祖国边疆。

一次阻击战,子弹出了膛,
它显示了:仇恨能变成多么巨大的力量!
你和你的战友把越境的股匪全部打死,
猎人的狩猎纪录呵,又增添了新的荣光。

袁应忠,人民的儿子!
让猎人的血液在你的血管中更汹涌地激荡!
全中国都能看见:一个碉堡雄峙在万山之上,
而你,正伏在枪眼下边瞭望前方……

1954年5月—7月　阿佤山

炊　烟

母亲,你信不信?
在我放哨的山顶,
可以望见故乡的炊烟。

　　孩子,别说傻话,
　　那一定是山下的人家吃饭啦,
　　灶前兴许蹲了个老妈妈。

母亲,我不骗你,
有一次我的确看见你倚在门边,
望着大路出神了老半天。

　　哦,那也许是——
　　孩子,是我在把你想念,
　　哎,母亲总归是母亲……

母亲,我告诉你,
我喜欢眺望祖国的炊烟,
炊烟,就是平安。

　　不错,炊烟报平安。
　　唯愿它长飘在你头上,长记在你心间,

不要再有炮火,再有硝烟。

母亲,不用担心,
我的同志们全都爱炊烟,
我们都有需要保卫的母亲。

1954年5月—7月　阿佤山

山 间 小 路

一条小路在山间蜿蜒,
每天我沿着它爬上山巅;
这座山是边防阵地的制高点,
而我的刺刀则是真正的山尖。

这条小路我走了三年,
对于我它不复是崎岖难行;
因为我心上有一条平坦大道,
时刻都滚过祖国前进的车轮……

1954 年 5 月—7 月　阿佤山

阵地上的向日葵

山头上的阵地,
就是我们的家,
盖一间结实的营房,
栽一行向日葵花。

夜里向日葵静静地安眠,
值班的岗哨站在它身边,
我们不疲倦、不睡、不做梦,
我们是吹开百花的春风。

每个同志心上都有个不落的太阳,
这个太阳支持我们把头颅高昂;
祖国,阵地,营房,花朵,
已化作一道命令藏在我们心窝。

保卫住这个山头,
这块土地只许我们自己行走!
我们把全部柔情献给向日葵,
对敌人,我们会比风暴更厉害十倍!

1954 年 5 月—7 月　阿佤山

班长画的马

在碉堡的石墙上贴着一幅画,
上面画着十几匹枣红色的马,
马蹄贴着地面低低地飞,
十里平川卷起一片风沙。

带头的一匹正在引颈长嘶,
呼唤他的伙伴加快步子;
青春的活力,凌云的壮志,
无限前程等待他们去奔驰。

我连声打听这幅画的作者是谁?
战士们朝他们的班长努努嘴,
"我不是骑兵出身,"班长低声解释,
"只不过是想勉励大家,也勉励自己……"

1954 年 5 月—7 月　阿佤山

西盟的早晨

我推开窗子,
一朵云飞进来——
带着深谷底层的寒气,
带着难以捉摸的旭日的光彩。

在哨兵的枪刺上
凝结着昨夜的白霜,
军号以激昂的高音,
指挥着群山每天最初的合唱……

早安,边疆!
早安,西盟!
带枪的人都站立在岗位上,
迎接美好生活中的又一个早晨……

1954年5月—7月　阿佤山

雨后小景

射手们脱下衬衣,
把沾着枪柄的雨水拭净,
然后就卧到地下,
也不顾浑身泥泞;
只听得教员一声口令,
叭!叭!
靶场上重新响起了枪声。

牛背上伫立的白鹭惊飞天空,
雪亮一团,灼人眼痛,
长翼扇起阵阵湿风,
山腰草棵窸窣摆动;
警觉的哨兵急走出哨棚,
在他的明晃晃的枪刺上,
跳跃着一片七彩的虹……

1954年5月—7月　阿佤山

边 疆 晚 会

在这小小的山窝，
烧起熊熊的篝火；
边疆晚会开始了，
大家唱起新学会的歌。

游动哨在远山巡逻，
他们在保卫这堆篝火，
他们也在保卫战友
度过这快乐的周末。

晚会的节目有许多，
但也可以说只有一个；
这就是：嘲笑敌人，
以我们警惕而又自信的生活。

1954年5月—7月　阿佤山

夜 闻 木 鼓①

是哪个阿佤寨
在把祖先祭奠；
木鼓咚咚，
叫人想起往年的征战？

是哪个阿佤寨
在祈祷五谷丰登；
木鼓低沉，
叫人想起往年的荒歉？

鼓声彻夜不停，
像是一只执拗的手，
频频把大地摇撼，
尽管你闭着眼，然而心已失眠……

战士的责任叫我热血沸腾，
一个心愿油然萌生；
我要努力帮助阿佤人民，
换一套欢乐轻快的鼓点！

1954年5月—7月　阿佤山

---

① 木鼓是阿佤族特有的鼓，用大树挖洞制成。每逢大典（战争、祭祀、宗教礼仪等）则击鼓彻夜，沉郁而悲怆，声闻数十里。

岩可和岩角的舞蹈

我们沿着南卡江巡逻，
晌午时分来到了达洛，
喝一口水，歇一下脚，
准备爬前面更陡的山坡。

全寨的男女都下地去了，
只剩下老人岩可和岩角。
他们抬出醴酒来劝饮解渴①，
一盅敬班长，十盅敬大伙。

老人说：只要大军常打这条路上过，
泥巴石子就都会咬土匪的脚，
路旁的茅草你们摸一摸，
也赛过弩箭上毒药。

阿佤的好日子指望哪一个？
全靠解放大军辛苦多！
同志同志别忙着走，
我俩给大家跳舞献个歌。

---

① 醴酒是阿佤人家酿的饮料，用发酵的小红米冲水制成，味甘而淡。

一个打铜钹,一个敲芒锣,
一个蹬腿踢脚,一个摔动胳膊;
青青的草地上,
崭新的红包头跃动如火……

像老虎一样勇猛,
像黄麂一样活泼,
也像阿佤山上的风云一样
变幻无穷,不可捉摸!

剽悍的山居民族啊,
感谢你们勇者的音乐!
也许你们不过是想叫部队行军快活,
我们却因此更懂得如何去保卫祖国!

       1954年5月—7月　阿佤山

水　誓

　　我军某部为阿佤人民从远山上接引了一股清泉,用竹管将水直送到寨口;在放水典礼上,一个白发老者说了这样的话:

像蓝天一样洁净,
像蜂蜜一样甜,
解放军为我们
开辟了幸福的源泉。

像玻璃一样明亮,
像珍珠一样滚圆,
毛主席的恩情
无穷无尽流不完。

这样好的水流进寨里,
家家户户都很清洁;
这样好的水喝进肚里,
白头发也要重新变黑。

快去把我们的娃娃领来,
叫他们喝下头一杯;
他们的世事还长咧,

跟共产党要跟到底!

1954年5月—7月　阿佤山

把边江上游

汽车沿着把边江上游走,
一直走到把边江的源头,
山愈来愈大,
水愈来愈小。

三千五百公尺的无量山,
用云袍裹住了身腰;
梯田是翡翠砌成的石阶,
仿佛能直通向天宫门口……

互助组的劳动歌声,
在半空里缭绕,
不时有人停下活路,
探身向我们招手。

驾驶员按了按喇叭,
代表全车答礼问候:
祝幸福像把边江一样长流,
祝拖拉机早日在把边江畔怒吼!

　　　　　　　1954年7月2—3日　景东—下关

寄 鞍 钢

看哟,多少新的高峰,突起在
重工业的地平线上!
而所有高峰中最高的
正是你哟,亲爱的鞍钢!

有谁能像我们这样
懂得钢铁的分量?
我们是战士,我们需要钢铁
保卫祖国的边疆。

有谁能像我们这样
对你怀着深沉的爱,殷切的期望?
你的肌肉,就是我们的肌肉,
你的脊梁,就是我们的脊梁。

我们的社会主义的头生子哟,
愿你更快地成长!愿你更强壮!
我们要永远和你站在一起,
守望这世界的东方!

1954 年 7 月 13 日

寄丰满水电站

夜晚,在我的哨岗上
燃烧着密密麻麻的一片星光,
也许这不是星光吧?
也许是你把万盏天灯点亮……

夜晚,在我的哨岗旁
澜沧江翻卷着滚滚的波浪,
也许这不是澜沧江吧?
也许是你在指挥马达歌唱……

在这遥远的荒僻的边疆,
我们把希望投向北方,
有无数根神妙的高压线,从你那儿
把热和力注入了战士的心房!

有一天,这里也将修起发电厂,
它的名字就该叫作丰满的兄弟澜沧江;
也许不会用这个名字吧?
也许它就叫作"实现了的理想"……

1954 年 7 月 14 日

寄北大荒

从书报上,我看见了北大荒,
拖拉机在前进,发出吓人的轰响,
草棵被割倒,远处奔着惊走的狼,
而驾驭台前,坐着一位微笑的姑娘。

第二张照片,是秋天的农场,
成熟了的庄稼在歌声中摇荡……
忽然,我胸前闪过一片耀眼的金光,
莫非正是这黄澄澄的麦穗跳进了奖章?

年轻的姑娘,勇敢的姑娘,
假如敌人敢发动战争,我一定和你一样,
我要驾驶着无畏的坦克驶向远方,
像你割草似的,把万恶的敌人杀光。

那时我将再给你写诗,可爱的姑娘,
我要对你说:你牵挂了多少战士的心肠!
不是为了无端的爱情,
而是为了共同的理想……

1954 年 7 月 15 日

纪 念 碑

广场上,耸立着烈士纪念碑,
不是青铜铸成,不是础石①堆砌,
也不是钢骨浇上水泥,
是我们自己身上失去的血,
是我们不能再相见的兄弟。

不论什么时候,我们走过这里,
总要把脚步放轻,总要默默致敬,
如果没有它,这蔚蓝的天空下,
怎能有一片自由的土地?
看哟,在我们心上,为你下半旗……

1954年8月5日 大理

---

① 础石,即大理石。

一本神奇的书
——给孩子们的诗

孩子们,我给你们讲个故事,
题目叫作一本神奇的书。

还在我们祖先活着的年代,
在那黑暗而且饥饿的远古,
一切善良的中国人
就都被这个传说鼓舞。
这个故事是这样深入人心,
以至于年纪并不很大的我,
也能把它背得烂熟。

故事是说有一本神奇的书,
它能对人们讲述真理,
它能赐给人们以幸福,
它的每一个字都闪闪发光,
好像那童话中的夜明珠。

它能把贫困变成富裕,
它能把仇杀化为和睦,
它使劳动者受到应得的尊敬,
它使纯洁的爱情得到满足,

小娃娃像花草一样成长,
老年人再也不感到孤独,
甘美的活水灌进沙漠,
每一块石头都会唱歌……

可是,当时的世上找不到这本书,
正如当时的世上没有真理和幸福,
统治者口里衔着刀子叫道:
"别做梦!世上根本没有这样的书!
我要把它烧成灰,我要把它吞下肚!
我绝不允许谁去寻找这本书!"
他还说:"人从来就分做两类:
一类生来命好,一类生来命苦,
一类做奴隶,一类做奴隶主。"

于是,有些自作聪明的家伙开始嘀咕:
"算了吧,它一定藏在什么深山绝谷,
凡人肉眼哪能看到这本书?"
胆小的怕死鬼接着也就咒起来:
"唉,唉,得冒多少危险,得走多少路!
别叫老天爷发怒吧,那是神仙的宝物!"
然而,真正勇敢的人们
根本不管这些威吓、欺骗和蛊惑,
为了寻找这本神奇的书,
他们不怕痛苦和杀戮!

时间一年一年地度过,
勇敢的人们愈来愈多,
因为人们有脑子,会思索,
因为人们有脑子,爱生活;
会思索的人当然要追求真理,
爱生活的人当然要追求幸福。

在无数次战斗中,
勇敢的人们流了鲜血、抛了头颅,
鲜血凝成了隐形的字句,
这些字句就组成了一本书,
在一个伟大的日子里,
有一个伟大的人向人民宣布:
真理找到了,幸福也找到了,
人民所希望、所争取的一切
在血染的土地上都留下了记录:
"一切权力属于人民!"
这个记录写得十分清楚。

这便是人民的宪法,
这便是那本神奇的书,
每一个爱爸爸、妈妈、阿姨、叔叔的孩子,
每一个爱孩子的爸爸、妈妈、阿姨、叔叔,
都应该把它仔细读一读,
这真是一本神奇的书,
它能对我们讲述真理,

它能赐给我们以幸福……

1954年9月1日

我的心不能再蒙受羞辱

长久地,长久地,我注视着祖国的地图,
我的这颗战士的心,深深地感到愤怒:
在东方,在那湛蓝的海水中央,
还有一块正在滴着鲜血的我们的领土!

那个海岛上,没有青色的天空,没有人走的路,
镣铐和黑雾裹着她,太阳和自由都被放逐,
万恶的匪徒们,正在那儿作威作福,
有谁见过这样的牢狱?一下子禁锢八百万囚徒!

从那儿传来的皮鞭的每一声呼啸,
都使得我的心灵感到痛楚,
哦,台湾在滴着血!我的心也在滴着血!
如果不把她夺回来,这血滴又怎能止住?

我不能,我不能再忍受这张残缺的地图,
我的这颗战士的心,不能再蒙受羞辱,
听啊,战马在叫,马蹄嘚嘚如急敲的战鼓,
我就要和同志们一道,去把东海横渡!

台湾啊,我要在战斗的风暴中降临,我要像波涛一样
吻遍你的所有的岩石、沙滩,狂热地把你爱抚,

我要用血汗去灌溉你的碧绿的蔗田,

和你一起举杯庆祝那属于人民的甜蜜的收获……

1954 年 9 月 13 日

在这庄严的时刻

在边哨,在大森林的尽头,
在人们足迹罕到的远方,
在地图上没有名字的村庄,
今天,战士和祖国一起歌唱。

把战士的最大的感激,
投向中南海的红色的院墙,
在那里,我们六亿人民的代表,
亲手制定了神圣的宪章。

把战士的激动的遐想,
寄给生长自己的家乡,
仿佛能听见机耕站的马达轰响,
肥沃的黑土翻起层层波浪……

贫困和苦难将被遗忘,
幸福的道路迎着祖国开放,
一百零六条柱石,为我们撑起了
一座真正的地上天堂。

社会主义不再只是理想,
它就在我们日常的斗争中飞跃生长;

它给战士以无限的力量,
巡逻、接岗,都正是走在这条路上。

为了那把牲口牵进合作社去的父亲,
为了那做梦都在驾驶拖拉机的姑娘,
在这庄严的时刻,战士宣誓:
我一定要百倍警惕地保卫边疆!

1954 年 10 月

黎明的城

允景洪，黎明的城，①，
我们整个傣族
和你一道苏醒；
走吧，让我们去到澜沧江边，
把昨日仇杀的血渍洗净，
然后，我们再回去亲吻
刚从北京回来的代表的手心。

这只手是和毛主席握过的呀，
那上面，还保存着领袖的体温，
铭刻着他对我们全民族的叮咛。
是谁赐给我们的城市以黎明？
是谁赐给我们傣族以新生命？
是谁第一个宣布各民族平等？
是谁带领着我们团结前进？

是他啊，是他啊！
毛主席，我们长寿的父亲！

1954年3月—11月　西双版纳

---

① 西双版纳傣族自治州成立后，车里改名为允景洪，在傣语中，允景洪意即为黎明的城。

细府那遮①颂歌

哈！山风多么狂烈！
唯有你能使它服帖；
哈！石涧多么急湍！
唯有你能使它悠缓。
  细府那遮，人人珍贵的平坝，
  细府那遮，我们亲爱的妈妈！

你的乳汁含有奇异的力量，
哺育我们，像花木一样蓬勃生长；
十二版纳②数你辽阔广大，
没有你，我们哪去学会弯弓跑马？
  细府那遮，水草丰美的地方，
  细府那遮，我们民族的家乡！

明天，我们将木犁换作拖拉机，
把人造的星星挂进屋里，
万亩良田和我们同声欢笑，
新生活才真叫人民富饶！
  细府那遮，栽培幸福的园圃，

---

① 傣族把南峤县称作细府那遮，意即"四万亩良田"。
② 十二版纳就是西双版纳，"西双"是傣语"十二"之意。

细府那遮,我们祖国的珍珠!

1954年3月—11月　西双版纳

我穿过勐罕①平原

我穿过勐罕平原,
整个心灵都被诗句充满,
每踩一踩这块土地,
就能感觉到音乐,
感觉到辉煌的太阳,
感觉到生命的呐喊!

一堆灌木丛,又一堆灌木丛,
野生的浆果,红的,紫的,蓝的,
像燃烧着火焰……
芒果、椰子和木瓜,
还有那扎着花头巾的姑娘们的笑靥,
仿佛都成熟得经不起手指一弹!

而在任何地方都咆哮着的澜沧江,
流到这里,忽然变得异样温柔,
金的,银的,波光闪闪,
每一片涟漪都是一双慧眼,
她究竟对勐罕说了些什么呢?
哦,我明白了,这里有个预言……

---

① 勐罕,汉名橄榄坝,在允景洪东南。

是啊，我多么渴望那一天，
掘土机扬起手臂，把这块土地翻掘一遍，
让凝结在黑土深处的油脂重新融化，
让那营养丰富的油脂抱着种子怀孕，
让我们中国的咖啡，中国的可可，
中国的香料和中国的橡胶在这里诞生！

是啊，我多么渴望那一天，
我们在澜沧江边架设起超高压线，
应该对准这块神奇的土地，
再注射一千基罗瓦特的炽热的电！
我们的电流将会成为一服仙丹，
大地不会白吞下它，它会用蜜汁和乳浆来偿还！

我穿过勐罕平原，
走着，走着，脚掌好似踏着琴键，
然而，我的心却在静悄悄谛听；
哦，我听到了，我听到了一支雄壮的曲子。
我们的祖国在回答我：
一定会有那一天！一定会有那一天！

1954年3月—11月　西双版纳

泥　土

我看见一群天真烂漫的孩子，
蹲在界河旁边捏着泥人，
那一团团的泥土像黑色的油脂，
在小小的手心里显得如此柔顺！

忽然我是这样激动，热泪滚滚……
俯身抓起一把泥土，频频亲吻，
我们祖国的泥土是多么好哟，
就是用金子来换我们也不答应！

如果敌人胆敢带刀来搜刮，
我们就一定把那拿刀的手烧成灰烬！
祖国大地的海洋，辽阔无垠，
曾有多少海盗的船只被我们的风暴击沉！

难道不正是在这片永不凋落的青纱帐里，
深深地埋藏着无数颗自幼热爱泥土的心！
难道不正是这油脂一般柔顺的泥团，
当年为了抵御侵略，曾筑过万里长城！

1954 年 3 月—11 月　西双版纳

第一个傣族士兵

有这样的一个士兵,
远近都传遍他的名声,
男女老幼都知道他,
仿佛他是一位显赫的将军。

当他站在队伍中间,
个子并不高过旁人;
说实话,他穿起军装并不久,
举动甚至还有点像老百姓。

可是只要他穿过街心,
立刻就会把人群吸引,
孩子们都愿意跟着他跑,
好像他在散发什么礼品。

寨子里的老辈看见他,
目光立刻变得十分欢欣;
青年们向他问好,
并且学着用军礼致敬。

姑娘们忙整衣裙,
似乎马上要决定命运,

盯住他,盯住他,
带着一千种柔情……

白发的米涛①在后面央请,
邀他去为新添的孙子拴线命名②:
"岩汗③,你是毛主席选上的人,
沾你的手就能沾毛主席的福分……"

是啊,他不是一位显赫的将军,
他也还没有来得及建立功勋,
然而男女老幼都敬爱他,
因为他是第一个傣族士兵!

1954年3月—11月　西双版纳

---

① 米涛,傣语老大妈。
② 傣俗,凡遇喜庆大典,都要请德高望重者行拴线礼,以示祝福之意。
③ 岩汗,傣语儿子。

手

我参加了一座边疆小学的开学典礼,
我看见各民族的学生们恭敬地起立,
他们拍着小手欢迎老师来上课,
八一红星在老师的军帽上闪烁。

老师红着脸,显得腼腆而又欢喜,
一面招呼孩子们坐下,一面抓起粉笔,
他在黑板上歪歪扭扭写了两个字:学习。
不知道为什么,手指微微战栗。

我注视着这只粗糙的手,猛然间记起:
我是多么熟悉这只手哟,既温柔,又严厉,
我曾见过它拿着镢头锄地,
也曾见过它扣动扳机射击。

不久以前它刚刚贪婪地捕捉过文化,
如今它却在这边塞慷慨地传布知识;
哦,伟大的尊贵的手哟,无论到哪儿,
你都能替自己找到最高尚的岗位!

1954 年 3 月—11 月　西双版纳

母亲澜沧江

就是在最漆黑的夜晚,
澜沧江也闪着光彩。
就是在最贫困的家庭,
母亲对儿女也十分慷慨。

蓝玻璃一样的澜沧江哟,
当我们看到你用温柔的嘴唇
亲吻着我们的土地和岸崖,
我们就不能不想起
母亲是怎样哄拍摇篮里的婴孩。
在那过去了的屈辱的日子里,
母亲一样的澜沧江哟,
只有你,向着我们痛苦的心田
灌溉了无尽的爱……

澜沧江水是母亲的乳汁,
母亲的乳汁是母亲的血变的,
喝了澜沧江水,就不能不
像澜沧江那样柔顺,
又像澜沧江那样严峻!

不要以为我们的母亲

只不过是一位柔弱的女性,
不要以为我们的澜沧江
永远流得风平浪静;
不,我们有着像江水一样明亮的眼睛,
对待我们的亲兄弟,对待自己人,
我们的每一滴水
都是一张充满柔情的嘴唇,
而对待侵略者,对待叛徒,
对待那帮放火烧寨的敌人,
我们就掀一个浪头,
叫他灭顶!

1954年3月—11月 西双版纳

在大勐竜有这样一个池塘

在大勐竜有这样一个池塘，
普通的乡下四处可见的池塘；
顽皮的孩子在这里嬉水，
爱干净的姑娘在这里洗衣裳。

可是，我的旅伴忽然低声对我讲：
为了它，傣族和哈尼族曾连年打仗……
当初，哈尼族本是坝子里的居民，
强大的傣族部落把他们赶到山上。

怀念故土的痛苦是这样深沉，
哈尼人望见这个池塘就眼泪汪汪，
他们经常趁着黑夜，悄悄地走下山岗，
不过是为了想喝一口塘水，滋润肚肠。

战胜者的枪兵日夜巡逻提防，
因为这块土地上已经栽下了他们的口粮；
他们再不能容忍哈尼人下山行走，
唯恐那是敌人的暗探来侦察情况。

有一夜，枪兵在池边捉住几个哈尼老汉，
什么也拷问不出，他们十分倔强；

盲目的仇恨驱使枪兵把他们浑身捆绑，
并且把他们沉入了水池中央。

从此两个民族断绝了一切交往，
赶街走路，也都随身携带刀枪，
每年到了老汉们殉难的日子，
哈尼族就全副武装下山把祖先供飨。

他们带来竹筒、瓦罐和葫芦瓢，
一天一夜把整个塘水舀得精光，
然后把所有的鱼虾捕捉干净，
为的是判决它们吞噬死者的罪状。

于是白发长者开始彻夜不停地歌唱，
他倾诉人民的哀愁和悲伤，
他叹息命运的苦难和无常，
他又像先知似的，描写未来的希望……

一年又一年他们来舀干这个池塘，
然后又用仇杀的血泪来把它灌满；
两个民族痛苦而厌倦地互相戒备着，
不知道应该怎样来架设一道心上的桥梁。

……这一切都已经像噩梦一般逝去，
如今傣族正和哈尼族在一齐开荒，

阿米阿巴和普毛普哨也共住一个学堂①,
至于这个池塘,它不过是个普通的池塘。

平坝、丘岗、鲜鱼、池塘,全都共有共享,
祖国教育他们:应该和睦友爱,像兄弟一样。
古老的传说青年一代少有人知道,
因为老辈子已经决心把它遗忘……

1954年3月—11月　西双版纳

---

① 阿米阿巴,哈尼语;普毛普哨,傣语,意即小男孩小女孩。

摩　丫[①]

那时她刚刚去助产训练班学习，
妈妈抱着她的头低声啜泣，
仿佛女儿不是去昆明学本事，
倒像是亲骨肉从此要永远分离。

她涨红着脸，心中暗暗生气，
有汉族同志在旁边看着呢，真倒霉！
她使劲挣脱了那紧抱着的双臂，
故意迈开大步就走，连头也不回。

她走着，跑着，把筒裙微微撩起，
突然又停下来，偷偷擦掉涌上来的眼泪；
妈妈的日子真难哟，一个人留在家里，
唉，为什么老天爷不给我留下一个兄弟？

于是她记起了妈妈曾一连生过儿胎，
不是生下来就死了，就是活不上两岁；
我们美丽的版纳为什么地广人稀？
还不都是因为没有医生，没有药吃！

---

① 摩丫，傣语医生。

于是她咬咬牙又往前走去,直到毕业那天
才猛然想起妈妈还在把自己惦记,
因此她匆匆赶回故乡,嗐,谁能想得到,
妈妈又抱着她的头低声啜泣……

"女儿呀,你走的时候我哭是因为我欢喜,
如今你成了摩丫了,我倒是想起了过去,
能干的女儿呀,让你妈妈哭一会儿吧,
你可要记住妈妈的苦,
让家家户户的娃娃平安落地!"

1954年3月—11月　西双版纳

三个卖棉花的哈尼姑娘

在贸易公司的门前,
棉花堆得高出屋檐,
仿佛天空掉下来团团浮云,
白花花一片雪亮闪眼。

三个卖棉花的哈尼姑娘,
正在柜台旁边徘徊流连,
她们的筒帕已经装得很满①,
可就是谁也不愿提议回转。

三个姑娘同时默默清点:
花布、丝线、梳子、项链,
什么都买齐了,什么都不短,
为什么还觉着欠缺什么物件?

第一个姑娘紧盯着一件男用汗衫,
第二个姑娘长久地观赏着一支手电,
另一个姑娘却看中了橡木烟斗,
几次三番想问,却又咬紧嘴唇……

---

① 筒帕,哈尼族妇女自织的一种挎包。

三位顾客到底在把谁们思念?
聪明的店员已悄悄把货物送到手边,
是啊,筒帕倒是装满了,
然而心的某个角落,还空荡得很……

三个姑娘涨红着脸,匆匆付钱,
又匆匆把心爱的东西塞进筒帕里边,
仿佛这时她们才忽然发觉:
在贸易公司里耽误了太多的时间……

店员笑着提醒她们:"等一等,
想想看,是不是还要选点什么送……人?"
她们赶紧跳出门槛:"明年再买吧,
明年组织合作社,会有好年成!"

于是她们向深山走去,
白云赶来把害羞的姑娘遮掩,
三只快乐的小鸟,
飞着,飞着,便消失于蓝天。

姑娘啊,快把荒山辟成棉田,
盛开的棉桃将挤走这层层白云,
贸易公司一定会张开大门,
迎接富裕而又幸福的客人!

1954年3月—11月　西双版纳

茶 园 情 歌

那一天黄昏出彩霞,
我采罢春茶转回家,
穿过竹林进平坝,
忽然迎面跑过来一匹马,
骑马的青年要求我站下,
他说:姑娘,姑娘,
我只问你一句话……

不知道为什么他说不出口,
倒是从我背篓里拣去一把茶,
揉它又闻它,闻它又揉它,
揉得那样轻,像揉一颗痛苦的心,
闻得那样醉,像闻一朵香郁的花。

我问他:"你大概是——
贸易小组的收购员吧?"
"不,"青年在马背上转过脸,
"我是来问你嫁不嫁。"
"我?……我要去问问妈妈。"

唉,青年叹口气骑马走了,
从此我就再也没有碰见他;

唉,可爱的青年骑马走了,
都只因为我说了一句傻话。

1954年3月—11月　西双版纳

格朗和情歌

  一九五四年四月二十七日,夜宿格朗和。寨子的四面都是高山,月亮出来得很迟,而且一会儿又被乌云遮住了;这时,哈尼族的少男少女,满山呼啸,喊着自己的爱人……

我等待着黑夜降临,
我等待着月儿东升,
我等待着天边飞来一朵乌云,
我等待着乌云抱着月儿西沉。

我等待着那惊慌而又甜蜜的一声低唤,
我等待着他用红毛毡子将我突然裹紧,
我等待着那等待了许久的邀请,
我等待着我自己的大胆的应允……

1954 年 3 月—11 月　西双版纳

菩提树、菩提树……①

一棵浓密的菩提树,
自幼生长在森林深处,
为何要生长在森林深处?
有谁知道这是什么缘故?

菩提树,菩提树,
森林深处的菩提树,
你难道看不出
我和你一样孤独?

一个可爱的少年人,
终日徘徊在菩提树荫,
为何要徘徊在菩提树荫?
有谁了解这是什么原因?

少年人,少年人,
哦,渴望爱情的心灵,
你难道看不出
我正是你等待的人?

1954年3月—11月　西双版纳

---

① 菩提树,傣语为"顿斯利",有祝福、带来幸福之意。

象 脚 鼓①

哎,我们尊敬的灰象的国土②,
哎,我们珍爱的白象的国土,
灰象和白象哪儿去了?
为什么空留下召唤象群的长鼓?

哎,我们尊敬的灰象的国土,
哎,我们珍爱的白象的国土,
灰象和白象早已被国民党放逐,
一任这常青的草木荒芜。

哎,我们怀念的灰象的国土,
哎,我们疼惜的白象的国土,
黑暗的暴政已经结束,
没有谁再敢把善良的群众杀戮!

哎,我们怀念的灰象的国土,
哎,我们疼惜的白象的国土,
帕萨傣,你快敲起象脚鼓③,

---

① 象脚鼓,傣族特有的一种打击乐器,形状宛如象脚,拴于腰间,鼓声清脆而急促。
② 傣族人民尊崇象,往往以象作为本民族的象征。
③ 帕萨傣,傣语即傣族。

将那流落荒原的一群招呼……

1954年3月—11月　西双版纳

听赞哈唱歌[①]

你的歌音颤抖而深沉,
使我想起了赤道上的阳光,
想起了阳光照耀的常绿树林,
和那阔叶荫处的蝉鸣……

你的歌偶尔也流露出欢欣,
然而更多的时候却是这样郁闷。
哦,这是一个被抑制着的歌哟,
过多的叹息,过重的鼻音。

哦!曾经被历史抑制着的民族哟,
有过多少副重轭毁坏了你的才能!
毫无意义的征战、剥削、欺骗和迷信,
怎么能不叫你悲叹自己的命运?

可是,歌人哟,放开嗓子吧!
应该像抛弃果皮一样抛弃昨天的不幸,
如今你是有了强大祖国的公民!
你有新的曲谱,你有重见光明的眼睛!

[①] 赞哈,傣语,歌手。

歌唱吧,歌唱劳动、自由和爱情,
歌唱值得骄傲的第一个傣族自治政权,
歌唱汉族兄弟的有力的手臂,
他将挽紧你的手臂一同前进!

歌唱吧,歌唱长夜不灭的北极星,
歌唱澜沧江上玫瑰色的黎明。
歌唱那用黄金铺成的大路,
它引导我们通过北京奔向辽阔前程!

1954 年 3 月—11 月　西双版纳

婚　筵

婚筵为什么迟迟不举行？
是不是在等待好时辰？
亲戚朋友全都到齐了，
怎么上席却空无一人？

彩缎和攀枝花做的坐垫，
闲在那边显得多么冷清；
筵桌上虽然摆满了酒菜，
但人们无意去把杯斟饮。

究竟是发生了什么事情？
客人们一个个心神不宁。
原来新郎新娘打仗去了，
一个是联防队长，一个是妇女主任。

还有那勇敢的解放军连长，
他正是人人期待的贵宾，
此刻，他带领着连队和民兵，
和匪徒激战在国境。

多少焦虑、多少祝祷和虚惊！
突然，新人和贵宾在掌声中降临，

仿佛以前长久的可怕的沉默,
正是为了孕育这一阵狂热的欢欣。

连长把沾满火药味的双手洗净,
拿起树枝蘸水洒了新人一身;
然后又恭恭敬敬接过白线,
隆重地放上这对青年夫妇的头顶①。

"什么是幸福?不用我来说明,
没有谁能比你们理解得更深。"
于是连长和大家一齐举杯痛饮,
利啦!现在就是最好的时辰②……

1954年3月—11月　西双版纳

---

① 傣俗,在举行婚礼时,应请长者以新鲜树枝蘸水以白线置于新人头顶。新中国成立后,多改为请解放军驻军首长祝福,并引为无上光荣。
② 利啦,傣语,好呀!

老　马

快到了宿营的村庄，
马儿忽然踟蹰彷徨，
饲养员爱怜地骂它：
你难道忘了这个地方？

识途的老马居然迷了方向，
对它主人频频投来惶惑的眼光；
才不过两个月的离别，
为什么一切都变了模样？

哪来这许多帐篷，
像水仙花一般开放？
哪来这许多人们，
像织布梭一般匆忙？

马儿马儿你不用惊慌，
有条新公路在这儿测量，
过些时我再带你来走一趟，
你就会懂得蹄子也能飞翔……

1954 年 3 月—11 月　西双版纳

工 棚 答 问

同志,同志,借个光,
能不能让我住一晚上?

  哦,老大爷,是不是来看汽车?
  请吧,请吧,请到里边歇。

是啊,你看我背了三天干粮,
就为了想看看汽车是什么模样。

  能看到,老大爷,包您能看到,
  明天汽车就会在这条路上跑。

嗒,有句话……不知该说不该说?
汽车来了,好不好叫我也坐一坐?

  坐坐倒没问题,只是一眨眼
  它就跑了几十里,您怎么回去?

不要紧,我人老脚劲还硬,
嘿嘿,坐了汽车更有精神。

  嘻,好像你们一伙有过商量,

全都这样想,也全都这样讲。

啊,原来屋里还蹲了一伙人?
好,好,有伴我就更宽心。

您请进吧,我这就去抱捆草,
回头叫您老美美地睡一觉。

不,不,毛主席的好世道,我不睡觉,
你看,我已经白了头,再睡就错过了!

1954年3月—11月　西双版纳

给撒尼人

哎,你这个爱吹军号的民族,
你这个爱打羊皮小鼓的民族①,
每个女子都像阿诗玛那样坚决,
每个男子都像阿黑那样英武!

我看见,在斗牛的日子②,
你牵起那长着驼峰的大黄牯;
你笑着,它却吼着,用蹄子蹬起尘土,
烦躁地催促你带它去角逐……

而在抬跤的盛会上,我看见③
那个战胜的英雄正是你,迈着阔步;
火热的炮仗和深情的眼光都落上你的胸脯,
全不怕烧破那整匹的崭新的红布……

当然,我也见过你的狂热的夜晚,
月琴、笛子和口弦彼此应和,
我仿佛置身在一群放荡的茨冈中间,
惊骇于爱情竟能这样泼辣和赤裸……

---

① 撒尼人村村寨寨备有军号、小鼓,每逢集会、送粮、庆功时,就吹打起来,十分威武。
② 斗牛,撒尼人风俗之一。
③ 抬跤,即角力,撒尼人风俗之一;胜者"挂红"(红布)。

但是,当我咀嚼着你亲手捏的面疙瘩饭,
就不能不想起那支忧郁的歌:
"我们是云南人,云南圭山人,
没有棱的荞麦啊,老实苦……"①

冬天来了,北风钻进了你的茅屋,
可是,为何你的衣衫还这样单薄?
难道能永远把希望寄托给明早的日出?
难道一块羊皮一堆火,你就真已满足?

于是,我看见你的最早的一批共产党员,
反叛了这种简陋而又贫困的生活,
他们带领着你的全体,奔上了新的道路,
建立了第一个和第五百个互助组……

坚决而英武的民族,让我们一同来想象吧,
想象你明天的创造和财富,
咦,旱地哪儿去了?原来变成了水田,
咦,荒山哪儿去了?原来栽满了果树……

是的,你的善于操劳的双手,
将要得到千百部机器的帮助,
就是耕地再多三倍也不会疲倦呀,

---

① 荞麦有两种:有三个棱的叫甜荞,没有棱的叫苦荞。

回家来还可以读两小时用撒尼文写的新书①……

并非节日的夜晚,阿诗玛也穿着绸缎衣服,
而阿黑则必须久久地用肥皂擦洗汽油的黑污;
公房,早已改造成了共产主义青年团的
学习知识与锻炼身体的俱乐部……

哎,你这个爱吹军号的民族,
你这个爱打羊皮小鼓的民族,
快排好威风凛凛的队伍,像童话中的神马一般,
去完成超越历史的飞渡!

1955年1月14日　圭山尾则

---

① 撒尼人仅有一百多个象形文字,而且识者极少;他们希望创造新的拼音文字,以解决学习中语文不一致的困难。

石林，撒尼的灵魂[1]

我从远山上眺望石林，
石林像一队森严的士兵，
披着铁灰色的梆硬的盔甲，
无数尖利的刀斧直指天庭；
它们警卫着圭山的旷野，
多少次啊，保护了撒尼人不受欺凌！

我的向导，一位六十岁的老人，
他带领我在岩石中把历史的奥秘探寻；
我们吸紧小腹蛇似的侧身在壁缝中穿行，
我们像猿猴一般把高耸的哨石攀登[2]，
我们又踩着乱石下到洞穴深处，
那里的风尖得像刀子，冷得像冰……

老人对每一座石壁都这样熟稔，
他指点着每一块石头上的斑斑血痕——
哪个岩洞住过哪个寨子的义民，

---

[1] 石林，在云南省路南县城东北九公里处，岩柱林立，头角峥嵘，是世界地理的一大奇观。

[2] 撒尼人反抗历代封建反动统治者的斗争，都与石林有密切关系。义民以石林作为根据地，神出鬼没，使"官军"望之生畏。在石林外缘的高峰上，设有哨兵，方圆十里内了若指掌。

哪里是他们舂米的巢臼，
哪里是他们饮水的泉井，
当年赵官又在哪里竖起了蓝色的长旌①……

而仅仅是在七年以前，有一支小小的
神勇的红色游击队又在这儿藏身；
石林用慈母般的心肠庇护着各民族的儿女，
但对爬进来的白匪则一律割断头颈。
什么皇朝，什么"民国"，暴政来了又去了，
不朽的石林却永远属于不朽的人民！

我不知道曾有多少勇士在石林献出了生命，
我也不知道他们临死前是怎样嘱告着后人，
我只能怀着虔敬的心情默默地挖掘，
我从地下掘起一些铜钱、弹壳和瓦钵的碎片，
也从地下掘起了一个响亮而清晰的声音：
看哪，倔强的有着磨不钝的棱角的石林，
它正是撒尼人的勇敢的灵魂！

1955年1月16日　圭山尾则

---

① 赵官，百余年前的一个撒尼人领袖。曾统率数万人起义反抗清朝暴政。旗号为蓝底下镶两条白边。但赵官本人后来叛卖了农民阶级，接受招安，封官晋爵，并变为大地主，随又遭到当时统治者的屠戮。

神圣的岗位

看！在我们辽阔的海洋上，
闯进了海盗的船只，
那些黑色的狰狞的铁锚，
已经把多少珊瑚和珍珠压碎！
骷髅头和锁链做成的旗帜①的阴影
正在我们的渔网、沙滩和睡梦边徘徊，
无数血锈斑斓的刺刀
伪装成甜蜜的甘蔗，
插遍了台湾的田地，
而台湾，我们天赋的骄傲哟，
我们人民的王冠上的宝石哟，
今天，却只能作为全民族的
灾难与耻辱的标记！

是的，我们的年轻的共和国，
正遭受着帝国主义的包围，
战争威胁着我们，
公民们，我们要警惕！

公民们，祖国号召我们：

---

① 马克·吐温曾经这样描绘美国星条旗。

每一个人都必须学会憎恨!
学会抵抗的艺术!
让我们每一只拿风镐、锄头和书本的手,
拿起枪来,学会射击!
拿起枪来,捍卫社会主义!

记住! 中国的青年,中国的男子汉!
不能设想,竟有这样一种人,
他能够在祖先开拓的土地上
逍遥自在,逛来逛去,
却把自己珍惜的一切
交给别人去保卫!

决不能叫我们白发苍苍的母亲
因为忧愤和羞愧而掩面啜泣,
决不能叫我们白发苍苍的母亲
因为生了怯懦自私的儿子而失悔;
我们要挺身起来,
带着我们的良心、证件、义务和权利,
到地方人民委员会登记去!

如果,明天有人来问你:
你为祖国做了些什么,
——在严峻的决斗的二十世纪?
你将不必脸红,
你可以照直告诉他,

那从兵营里带回来的
最宝贵最高尚最难忘的全部回忆!

但是,为了这,
今天你就应该毫不迟疑,
立刻去到边防军的寒冷的哨棚中,
去到汹涌的波涛和咸味的空气里,
去到蓝天白云之际,
寻找那属于你的
神圣的岗位!

1955 年 1 月 16 日

如果我是你的学生……
——为圭山民族中学校长李荣春同志(撒尼)作

当我们第一次握手相见,
我发觉你的步履是那样艰难,
我就想着:你走过的生活的道路
一定不会平坦。

不久我便知道了,
你原来是一个红色游击队员;
在一次逆袭当中,奸恶的敌人
将你的双膝弹击洞穿;
一副担架把你抬下来,从此
你便转移到了粉笔和教科书的战线……

我不知道,关于这桩事情,
这里的青年有些什么感想;
可是,如果我是你的学生,
我就一定要把你当作模范,
我会说,谢谢你,敬爱的校长,
不是课本,而正是你教育了我们:

人,应该这样去度过他的一生,
他必须首先当一个真正的战士,

把自己交给火、风暴、钢铁去锻炼,然后
把他放到任何岗位上,他都能迈步向前……

1955年1月16日　圭山尾则

红色的圭山①

在许多赤裸裸的石灰岩中间，
圭山，绿得像一块翡翠，
我走着，轻轻地轻轻地走着，
生怕磨损了它光洁的表皮。

……圭山的冬天是寒冷的。
雪花紧偎着大地，希望快点融化了自己；
冰凌子却傲慢地挂在松树和杉树上，
像双刃刀片那样锋利……

过去我没有来过圭山，然而
我有无数的同志在这儿打过游击，
既然我走着他们走过的路，
就不能不把他们的故事一一回忆，
并且，觉得眼前这一切仿佛都曾经历。

难道在我的血管中奔流的
不正是和他们同样忠诚的血液？
那么，我为什么不可以设想曾在这里倒下，
我的血滴向圭山，像一瓣瓣鲜红的玫瑰？

---

① 1947 至 1949 年间，云南各族人民在圭山打响了革命游击战争的第一枪。

我认为此刻我正是那些同志的代表，
无论他们是仍然活着抑或已经死去，
也无论有否在圭山吞过冰凌化过雪水，
所有为祖国战斗过的，都有自豪的权力。

于是，在我眼前突然发生了奇迹！
（圭山，现出了它的本色！）
一块翡翠忽而变成了一块红宝石，
它闪着光辉，像活的火焰，像党的旗帜，
也像你、我、他，每一个革命战士的血液！

　　　　　　　　　　　　1955年1月17日　圭山尾则

谁在小路上吹笛子
——公房情歌①

谁在小路上吹笛子?
一定是白天盯我的那一个,
他以为,他以为我非嫁他不可!
为什么,为什么你老用笛子招呼我?
你就在那儿站到天亮吧,
我决不会吹口弦来和。

唉,招人讨厌又招人喜欢的小伙子!
要玩就到公房来玩吧,
你看我们小伴多快乐:
织不断的是一团一团的麻,
烧不灭的是一团一团的火,
唱不尽的是一支一支的歌……

你想把我逗到外边去?
哼,我才不去呢——

外边又黑又冷,

---

① 撒尼族风俗,十二岁以上的男女少年,应结伴在男女公房过夜,不再在家住宿。男女恋爱时,以笛子、口弦传情,彼此均能会意。

又是水塘,又是草棵,
说不定,狗会窜出来咬脚,
说不定,要把哪家地里的燕麦踩着,
说不定,我还会把什么事情做错,
哟,哟,姑娘家,害羞啰……

1955年1月18日　圭山尾则

故乡的灯火

火车挨着赣江慢慢驶过,
玻璃窗上跳动着万家灯火,
哦,我回来了,亲爱的故乡,
我回来了,我要献给你一首重逢歌……

自从离开你,曾经几度花开花落?
我永远不会忘记,那逃亡的生活:
踏着薄霜,从你的郊外悄悄走过,
为了不让盯梢,翻起大衣领子遮住耳朵……

亲爱的故乡,我知道,你是多么爱我!
你陪着我偷读禁书、陪着我失眠和思索,
你掩护我散发传单、避开鹰犬的捕捉,
你知道吗?我把你的爱引为骄傲,
我骄傲,因为我做了你的好儿子,
在我的血管里,震响着你的革命的脉搏!

那一天,我终于找到了自己的队伍,
我们的司令员,笑着对我说,
起义的日子,他曾在你的街头巡逻,
接着,他便满怀深情唱起了最早的红军战歌……

哦,我的故乡,铸造正义之剑的铁砧,
你儿子的道路并没有走错!
这些年,我们又何尝真正离开过?你看,
在我的帽徽上,不正是你的光辉在闪灼?

火车挨着赣江慢慢驶过,
玻璃窗上跳动着万家灯火;
哪一盏灯下,坐着我白发的母亲?
兵士的母亲啊,你儿子回来了!
你儿子要敞开温暖的军大衣把你们全都抱住,
哦,我的故乡,我的母亲,我的祖国!

          1955 年 3 月 7 日

我在八一大道上漫步

我在八一大道上漫步,
汹涌的思潮在我心头起伏,
我想起了所有我走过的边疆的荒原,
森林、峻峭的山道和泥泞的小路……

旷野中,无情的焦雷和旱风
在我们头上旋转、咆哮、紧紧追逐,
然而我们走着,顽强地走着,
把光荣的兵士的脚印
带到了祖国最后的疆土……

兵士踩过的地方,就有路;
兵士是从这儿出发的,在这儿
曾有一个伟大的兵士,方志敏同志,
他呼唤过新中国的大路。

新中国的大路,我们用血、用汗去铺筑,
于是我又不能不想起一个严峻的故事:
一九五〇年,为了追歼残余的匪徒,
我的伙伴们,曾经用麻线缝过
自己脚掌上绽开的皮肉……

哎,我怎么能不想起我的祖国
跋涉过怎样的雪山和草地!
哎,我怎么能不想起我的祖国
经历过怎样的漫长的征途!

哦,光明的平坦的宽阔的大路!
欢乐的人群像河水一样流过去的大路!
让我们在你两旁盖起更多的工厂、学校和仓库,
把它献给开路者——
当作辉煌的花束!

1955 年 3 月 8 日　深夜

致 中 南 海

迈着军人的阔步,我曾漫游过多少地方!
如今,穿过北京的街道,必须把脚步轻放,
敬礼! 我的伟大祖国的心脏!
我为你带来了千百万兵士的问安……

我走着,径直走向中南海的朱红的宫墙,
泉水般汹涌的诗句,一起化作了庄严的思想;
我愿把我比作一滴水,小小的一滴水,
我要反射出你全部的辉煌永恒的阳光!

1955 年 4 月 8 日　深夜　北京

八达岭上放歌

你们好哇,照耀着万里长城的日、月、星宿,
我来问你们,你们可曾见过,可曾听说,
世上还有谁,能有这么雄大的气魄?
衔土垒石,挡住敌人的牧马,保住自己的阡陌!

我骄傲,因为我属于这个崖然屹立的古老的种族,
我骄傲,因为这个种族又向人类披示了新的蓝图!
尊敬的祖先哟,让我们超越时间和空间,挽起胳膊,
为人民和平生活的守护者,在八达岭上放歌……

1955 年 4 月 30 日　游罢归来

五月一日的夜晚

天安门前,焰火像一千只孔雀开屏,
空中是朵朵云烟,地上是人海灯山,
数不尽的衣衫发辫,被歌声吹得团团旋转……

整个世界站在阳台上观看①,
中国在笑!中国在舞!中国在狂欢!
羡慕吧,生活多么好,多么令人爱恋,
为了享受这一夜,我们战斗了一生!

1955 年 5 月 6 日　追记　北京

---

① 五一节之夜,来自世界各国的国际友人们都登上宾馆阳台,观看群众狂欢景象。

中　原

中原哟,中原,无边无际的一马平川,
你是我们古老民族的生命的摇篮!
泥土和水的颜色全都这样浑厚而庄严,
世世代代,是你把我们的肤色熏染……

社会主义给你带来了合作社和机耕站,
马达的吼叫赶走了三千年的劳役和悲叹;
最新的和最好的东方文明将要在这儿诞生,
它会像磁铁一样富有吸力,像宝石一样灿烂……

1955 年 5 月 25 日　深夜　北京

夜半车过黄河

夜半车过黄河,黄河已经睡着,
透过朦胧的夜雾,我俯视那滚滚浊波,
哦,黄河,我们固执而暴躁的父亲,
快改一改你的脾气吧,你应该慈祥而谦和!

哎,我真想把你摇醒,我真想对你劝说:
你应该有一双充满智慧的明亮的眸子呀,
至少,你也应该有一双聪明的耳朵,
你听听,三门峡工地上,钻探机在为谁唱歌?

1955 年 5 月 27 日　深夜　北京

鲜血与诗歌

假如我要死去,
我的每一滴血,
都将渗透到地下,
鲜血,和诗歌一样,
能营养我的国家。

我的声音将活着,
但同时也将沉默。
就让它沉默吧,
它愿听新的歌;
听新歌,是最大的快乐……

1954年—1956年　昆明—北京

古 战 场

离建筑工地不远,在繁荣的田庄之间
遗留着一条昔日的战壕,曲折蜿蜒,
哦,我的祖国,在你光荣的额头上,
曾有过多少这样镂刻着苦难的皱纹!

掘土机呀,快快来把这条壕沟填平,
古战场啊,决不能再让马蹄来耕耘,
祖国,我们为你编一只美丽的花冠,
我们用钢梁和犁铧来雕琢你的青春!

1956年6月9日　北京

烽 火 台

暮色苍茫中,我登上烽火台,
一缕严峻的情思,把我引向古代,
在这个土墩上,曾举过多少次烽烟,
号召了人民起来,抵抗敌人的侵害!

多少场战争的风暴将大好河山覆盖,
多少代壮士从这儿出发去保卫边塞;
警惕啊,神圣祖先的六万万后代,
为了和平,人人心上都该筑个烽火台……

1956年6月9日　北京

回 音 壁

　　北京天坛有一座回音壁,它体现了我国人民独具的巧思和匠心,它永远能激起人们对北京和祖国文化的热爱……

青天的穹窿覆盖着弧形的墙壁,
平凡的砖石垒起了神妙的秘密,
仿佛有一种看不见的精灵,
为人们往来奔走传递消息。

我倚着回音壁侧耳倾听,
我贴着回音壁低声细语,
我听到的和我说的都是同样一句:
北京,人民的首都,我们爱你!

1956 年 6 月 10 日　北京

布　　谷

三月的乡村每天都有一个早醒的黎明，
布谷惊叫着,在田间追赶农民,
仿佛它在连声呼喊:等一等,等一等,
为什么你们今年走在了我的前面?

布谷,难道你没看见新生活开始了?
秋后,我们合作社就会有第一次丰收;
快飞吧,瞧,太阳像一枚早熟的果实
沉甸甸地挂上了大树朝东的枝条……

1956 年 6 月 13 日

运杨柳的骆驼

大路上走过来一队骆驼,
骆驼骆驼背上驮的什么?
青绿青绿的是杨柳条儿吗?
千枝万枝要把春天插遍沙漠。

明年骆驼再从这条大路经过,
一路之上把柳絮杨花抖落,
没有风沙,也没有苦涩,
人们会相信:跟着它走准能把春天追着。

1956 年 6 月 13 日　北京

风在荒原上游荡……
——献给绿化祖国的青年团员们

风在荒原上游荡,
像一个酒醉的流浪汉,
打着呼哨,四处张望,
寻找可以过夜的地方。

风啊,你来吧,到我们的树林里来吧,
我们为你准备了眠床,
绿色的、凉爽的眠床,
一片叶子,一只温柔的手掌。

我们栽的每一棵树,
都有一副善良的心肠,
风啊,你来吧,来和树林交谈吧,
树林将会告诉你一切:
关于干旱,关于沙漠,
关于青年团员的理想……

1956 年 7 月 25 日　北京

风啊,别敲

风在甲板上喧闹,
沿着窗口和钢梯奔跑……
风啊,别敲,你别敲,
我们的水兵睡着了。

是什么织成水兵的梦?
经线——战斗警报,
纬线——万里波涛,
勇敢的灵魂在梦中微笑。

风啊,别敲,你别敲,
让他好好地睡一觉;
明天,舰队又要远航,
切开海洋,像一把锋利的刀……

1956 年 7 月 25 日　北京

宝　剑

夜深了，北京拉上了它的窗帘，
雾气裹着熟睡的城市，像一条洁白的被单；
那手中拈着罂粟花的梦之神，
正在千家万户的屋脊上盘桓……

然而探照灯醒着，
它的锐利的目光，如同挥动着的宝剑，
把夜的天空割成无数小块，
每一块都是敌机的墓田。

1956 年 8 月 8 日　北京

繁 星 在 天

繁星在天,一颗挨紧一颗,
怎么会飞过来整个星座?
哦,是我们夜航的机群
提着灯巡逻。

夜凉如水,人们都已睡着,
为什么梦里有温情抚摩?
哦,是嵌着红星的机翼,
在心上闪过。

1956 年 8 月 14 日　北京

迟开的蔷薇

盛夏已经逝去,
在荒芜的花园里,
只剩下一朵迟开的蔷薇;
摘了它去吧,姑娘,
别在襟前,让它
贴近你的胸膛枯萎……

1956年　北京

海把贝壳失落在沙滩……

海把贝壳失落在沙滩,
我把爱情失落在人间;
凡属我的,我必追寻,
而且我知道,此刻,正是此刻,
它藏在某一个幽闭的心坎……

1956年 北京

只有一个人能唤醒它

我的心房里,
爱情在酣睡,
只有一个人能唤醒它,
我不知道这个人是谁。

1956 年　北京

天上的繁星有千万颗

天上的繁星有千万颗,
只有一颗属于我;
照耀吧,我的星辰!
照耀吧,我的命运的灯!
我以坚贞的手臂将你捧住,
你就永远不会陨落……

1956年 北京

羞涩的希望

羞涩的希望,
像苔原上胆小的鹿群,
竟因爱抚而惊走逃遁,
远了,更远了,终于不见踪影。

只有一片隐痛,宛如暴君
蹂躏着我的心;
莫要拷问我,我已经招认:
怯懦,这便是全部的过错和不幸。

1956年　北京

小 夜 曲

不需要对我说,爱情的近亲是树林,
当我们风华正茂,青春像酒一样醇,
谁没有一些刻骨的相思?谁不喜欢
那柔条上半睡的小花?那一片绿荫?

是的,地球诚然很大,而且五色缤纷,
但情人所眷恋所选择的,不过一片树林;
当春天推开冰雪的被褥,枝梗上的苷芽
立即睁开了它们琥珀似的稚气的眼睛。

哎,多么喧闹呵!这春天的春天的树林!
郊游踏青去吧,你我会在林间结识爱神,
哦,你看,像一片三月的叶子,她的心
是多么生气勃勃、鲜嫩而且透明!

于是整个夏天你我在林间消停,
白天从叶簇中看太阳犹如星星,
夜间则捕捉如水的月光和流萤,
静听着心跳,蛙鼓,虫鸣。

且不谈论果实,且不谈论年成,
撤去丰收的盛筵,将是萧萧的秋声;

那时也许还要来这里闲坐,拾些枯枝生火,

遥想千载后的男女,依旧会重踏你我的脚印……

1956年　北京

塔乌非克,我的壮美的兄弟
——向战斗的埃及人民致敬

塔乌非克,塞得港码头上的苦力,
塔乌非克,我的壮美的兄弟,
塔乌非克,我的歌献给你。

塔乌非克,让我们一同来回忆,
是什么原因,
从什么时候起,
在世界的大街上,
黯淡了金字塔的光辉?
那照耀过每一本历史教科书的
尼罗河上的太阳,
怎么会被西方升起的乌云包围?
十二万颗头颅,
十二万滴眼泪,
十二万瓶香槟,
十二万只酒杯……①

塔乌非克,我知道,你不会忘记:

---

① 为了开凿苏伊士运河,埃及工人死亡达十二万名;运河建成后,英、法等国的资本家又利用它来剥削和镇压埃及和其他殖民地人民。

苏伊士运河像一把锋利的匕首,
海盗们曾经拿它对你进行过勒索和袭击,
他们打碎了你的门窗,
抢走了你的最后一枚铜币,
然后,又割断你的琴弦,
不许你弹奏古老的自由的谣曲。

塔乌非克,你知道吗?
如今,我望见你在海岸上守卫,
你的壮美的身躯,使我欢喜,
我看见,匕首已紧紧地攥在你手里,
是的,攥在你手里,
主人的手里。
哪一个海盗胆敢再来榨取你的汗水?
哪一个海盗胆敢强迫你去搬运赃物?
绿的棕榈,
黄的土地,
白的棉花,
红的血,
这一切,都应该属于你!

塔乌非克,我的壮美的兄弟,
我望见你的白发的母亲,
坐在小小的木屋里,
深夜还点着一盏油灯,
纺纱,织布,缝制军旗,

她蘸着橄榄枝的液汁,
她蘸着赤道上的阳光,
她蘸着祖先留下来的沸腾的血,
她用橄榄枝的颜色写着:和平!
她用阳光的颜色写着:自由!
她用血的颜色写着:独立!
塔乌非克,我的壮美的兄弟,
当你跪下去亲吻这面军旗的时刻,
请让我也以儿子的名义,
向你的光荣的母亲敬礼!
感谢她,为古埃及缝制了一面军旗!
感谢她,为殖民者缝制了一件尸衣!

塔乌非克,我愿和你同声呼喊:
埃及的一切归埃及!
赶走那些从伦敦爬来的
　　　　从巴黎爬来的
　　　　　从纽约爬来的
交易所的嗜血的鳄鱼!
决不能让他们用你的眼泪酿酒!
决不能让他们用你的头颅碰杯!

塔乌非克,我的壮美的兄弟,
你听哟,你听!
从波斯湾到地中海,
从印度洋到太平洋,

正义的人类已经拉响了汽笛,
无数只万吨海船,
正满载鲜花、诗歌和友谊,
驶向你的运河、你的港口、你的码头……

大张开你的双臂吧,塔乌非克,
让我们向全世界宣布:
我们决心用五大洋的海水
把侵略战争的火焰扑灭,
让我们,活在这个星球上的各国人民,
做最好的最好的邻居!

1956 年 8 月 21 日

姑娘在沙滩上逗留

姑娘,你为什么为什么
在夜的沙滩上逗留?
听任清凉的风、清凉的星光
灌满你的衣袖?

姑娘,你为了谁为了谁
在夜的沙滩上等候?
直到银河注入大海,
消失于水天相接的尽头?

我不觉得有什么灌满了衣袖,
灌满了我的心的
是甜蜜的忧愁,
我的人,今夜在海上住宿。

我的人,此刻正驾着一叶扁舟,
系着我的心儿浮游,
银河啊,注入他的鱼网吧,
化作一次闪光的丰收……

1956 年 8 月 24 日　北京

南望云岭

胡马依北风,
越鸟巢南枝。

——摘自《古诗十九首》

我的颤栗的手指,在地图上
摸索着,摸索着云岭……
推开那烟雾的帷幔,
哦,我重又看见了南方的天空,
　　　　　南方的云彩,
阳光,雨水,淡红色的月亮,燃烧着的星星,
青的岩石,白的积雪,
河谷地带阔叶树撑一片浓荫,
还有马帮的风尘,山民的炊烟……

哦,我的南方的土地哟,
多少次,你伴随着渴念的痛苦,
进入了我的梦境!

我怎么能不想念你?
为了你,我奉献了战斗的青春!
我,一个跟着红旗前进的士兵,

曾经默默地用行军的脚步,
丈量过对祖国的爱情,
如今开遍山野的红艳艳的茶花,
其中,也有一瓣、两瓣,
承受过我的血汗的滋润!

是的,对于祖国,我像儿子一般孝顺。
而祖国的南方,
色彩缤纷的南方哟,
又是孕育我最初的诗行的母亲!
有着众多的山和众多的水的南方哟,
山山水水,曾唤起我的多少激情!

昨天,邮递员送给我一封远方来信,
字体粗大,然而工整,
这是谁?谁的笔迹?我无法辨认。

……哦,原来是他,那个哈尼族的孩子,
我的边寨小学的学生,
他喊我叔叔、老师、大军同志,
三个名字,你不能区分,
三个名字,凝结着一种感情;
他说,他已经成了中学生、青年团员,
又说,他的妈妈托我买一本合作社章程。

哦,我的孩子,我的山鹰,

我仿佛看见你在云岭上空飞行,
哦,我的孩子,我的山鹰,
请你告诉我,你读的是什么课本?
第一章,刀耕火种,
第二章,社会主义文明……

于是,我不能不怀着剧烈的渴望
想起了南方,和南方的人们。
春天,茶园里有我熟识的灵巧的手指,
花头巾下面藏着一对多情的眼睛。
姑娘,别害羞,让我替你编一个缅桂花环,
让空气中播散着花香,
让你的春茶变得醉人……

哦,是什么在地壳深处轰鸣?
这声音来自矿井的底层,
有无数和我一样强壮的工人,
日夜不停地把矿石送上地面,
朋友,让我们竞赛吧,
诗歌产量要和采矿纪录一齐上升……

只有我的战友凝然不动,
屹立于峻峭的峰顶,
看吧,他用我留下的刺刀保卫着国境,
而我,也随时准备着去接替他的使命……

哦,我的南方的土地,

我的烟雾弥漫的云岭,

你可曾看见

我的颤栗的手指

长久地长久地在地图上探寻?

什么时候,什么时候,

我能再一次伏在你的膝前,

将清冽的山泉尽情啜饮?

1956 年 8 月 25 日　夜半　北京

因为我是兵士

因为我是兵士,
我才写诗;
因为我写诗,
我才被称作兵士。

我的六万万人民,
正踏着二十世纪的脊梁前进,
在这豪迈的队伍中间,
我的歌,是活的传单。

1956 年 9 月 4 日　北京

石　舫

昆明湖中有一只石舫，
装载过多少昏君败将，
年复一年原地不动，
搁浅在历史的岸旁。
听微波送来阵阵叹息，
寂寞余音缭绕于空舱。

如今我们有六万万水手，
跟随着党，勇敢的船长；
从十月的码头扬帆出海，
乘长风破万里浪……
这大洋通向未来，中国
要作最无畏的远航！

1956 年 9 月 5 日　北京

兵士的面容

你问兵士的面容么?
一颗头颅,一顶钢盔;
钢盔,不是装饰,
装饰过的青春不美。

钢盔,红星闪灼的钢盔,
一直遮到眉宇;
深邃的目光
像两道泉水……

泉水温柔地淌着,
灌溉祖国的大地;
但也能化为火焰,
把敌人烧成死灰!

1956年9月6日　北京

我的主人是我的祖国

长记得那反抗的岁月,
我在奴隶的国土上流浪,
整天填不饱肚皮,
却矜持于富有的思想。

不错,我穷困,穷困得只剩下
一颗心,一张无弦琴,
但我拥有无可估量的财产,
那就是我的人民。

而且,我自己从来就不属于我
我的主人是我的祖国,
我愿意一辈子侍奉她,
一辈子为她唱赞美歌……

1956 年 9 月 7 日

登 景 山

登上景山最高处,
京华历历在目:
炊烟相招,鸽哨相邀,
半城宫墙半城树。

我住北京城里,
北京住我心里,
纵然今日分袂,
毕竟终生相忆……

1956 年 9 月 12 日　北京

天安门前漫步

十年戎马生涯,多少道路扬起尘土!
披一身风霜,来到天安门前漫步,
且让我倚定这白玉的华表,
闭上眼,享受最大的满足。

行人如潮,我在人潮中沐浴,
欢乐的空气,灌入我的肺腑;
我要把芬芳的气息储藏起来,
我要把它带回到西南的峡谷……

1956 年 9 月 14 日

江 南 好

火车载我到江南去,
向左看,向右看,
窗上都嵌着如画的山水。

大地像一块调色板,
金黄的——已经谷实累累,
碧绿的——正在扬花吐穗。

小小的池沼是镜子,
虽然照不见扔石子的是谁,
却照得见害羞的采菱女。

畜群在河边吃草,
牧童用粉笔涂写着牛背:
上午加下午,一个劳动日……

晚霞中,小船扬帆疾飞,
远村灯火明亮处,
有电影,还有社戏。

火车载我到江南去,

多么好啊,才相识,

就送给我一车诗句!

      1956年9月17日　京沪车中

上海夜歌(一)

上海关。钟楼。时针和分针
像一把巨剪,
一圈,又一圈,
铰碎了白天。

夜色从二十四层高楼上挂下来,
如同一幅垂帘;
上海立刻打开她的百宝箱,
到处珠光闪闪。

灯的峡谷,灯的河流,灯的山,
六百万人民写下了壮丽的诗篇;
纵横的街道是诗行,
灯是标点。

1956 年 9 月 28 日　上海

给一个黑人水手

一个黑人水手,
登上了外滩码头,
迎着无数友好的目光,
他微笑着,并且有点害羞。

他的粗糙的黄牛皮鞋,
给我们的土地带来了非洲的问候;
心灵的音乐是不需要翻译的呀,
一步一个音符:哦,中国! 哦,自由!

你知道吗? 黑水手,在我们这里,
皮肤是什么颜色,不值得研究,
我们要分辨的是思想的颜色,
它,只有它,替我们鉴别敌友。

1956年9月28日—10月4日　上海

上海夜歌(二)

上海的夜是奇幻的,
淡红色的天,淡红色的云,
多少个窗子啊多少盏灯,
甜蜜,朦胧,宛如爱人欲睡的眼睛。

我站在高耸的楼台上,
细数着地上的繁星,
我本想从繁星中寻找牧歌,
得到的却是钢铁的轰鸣。

轮船,火车,工厂,全都在大声叫喊:
抛开你的牧歌吧,诗人!
在这里,你应该学会蘸着煤烟写诗,
用汽笛和你的都市谈心……

1956年10月5日　上海

致黄浦江

在小学的地理课本上,
我就认识了你,黄浦江!
那时候,海盗们的舰队横冲直闯,
黑色的炮口瞄准了中国的门窗。

数不清的"总督"和"帮办",
把秦砖汉瓦黄金白银一齐搬进船舱,
烂醉如泥的外国水兵,
用猥亵的目光打量着你洁白的胸膛……

当我知道了这一切,黄浦江!
我哭了,我把眼泪交给你储藏;
我去当了一名为自由而战的兵士,
于是,今天有权写下这骄傲的诗行。

1956年10月6日　上海

南 京 路

我在南京路上来回寻觅,
何处是当年的车辙足迹?
在这里,有整整的三代妇女,
将丈夫和儿子交给了暴风雨。

多少被斫断的战歌,
多少被毁坏的生活,
祖父、父亲、儿子,走啊走啊,
终于从南京路跋涉到了新中国。

两行疏朗梧桐,
曾经几度秋风?
南京路,革命的宠儿,
你应该永远享受春天的繁荣……

1956 年 10 月 6 日　上海

在工业的地平线上

在工业的地平线上,
风景是多么迷人!
我在无数的烟囱中间行走,
仿佛又回到了故乡的森林。

儿时,为了采集鲜美可口的蘑菇,
在那浓荫中消磨过多少黄昏!
光着脚,踏着雨后的小路,
每次都能把满满一篮子带回给母亲。

如今我来到了一座新的森林,
我要探寻的是诗,是人的心灵;
哪怕只能摘下小小的一片叶子,
我也愿付出全部的热情。

1956 年 10 月 10 日　上海

长记得这狭小的阁楼……

长记得这狭小的阁楼，狭小的窗口，
从这里，我曾向上海致以逃亡者的问候，
街道密如蛛网，我却不能行走，
那时候，吸血的毒虫正在四处攫取食料；
哦，自由和诗，就像一对被囚禁的小鸟！

天亮以前，一叶扁舟将我载出港口，
上海在黑暗中对我凝视，带着忧郁的微笑，
只能默默地告别，只能默默地挥手，
然而我心里的声音在顽强地喊叫：
上海，我们会重逢的，黑夜逝去就是白昼！

今天，我重又来拜访这阁楼和窗口，
从这里，我向上海致以兵士的问候；
同志，如果我的歌给你招来了回忆的浪潮，
那就让我们互相认识吧，
同样的经历正是最好的介绍……

1956 年 10 月 11 日　上海

谒 鲁 迅 墓

我看见鲁迅先生坐在虹口公园里,
仿佛是散步中的偶尔一次休息。

他依旧穿着简单的布衣服,
就像真理本身一样朴素。

手里拿着的是一卷书籍,
仿佛在说:学习,学习,再学习。

他那棱角分明的前额,
爱与恨的线条是如此深刻。

在他的头颅里,藏着博大的海洋,
永远新鲜的活水,将我们的灵魂涤荡。

难道不是吗? 在我们的思潮中,
哪一次没有他的波涛在汹涌?

真想上前去攀谈:谈生活,谈斗争,
谈一切好的方面和坏的方面。

可是,我又怎么能打断他的沉思?

——在这终于降临了的美好的日子。

是的,先生在沐浴着新中国的阳光,
而我们则沐浴着先生的阳光。

1956 年 10 月 20 日　谒墓归来　上海

在工厂里,忽然旧梦重逢

在南方的橡胶树下,
曾梦见车轮滚动,
醒来遍处寻觅,
不见它的影踪。

今天在工厂里,
忽然旧梦重逢,
那制造轮胎的机器,
竟吐出阵阵熏风!

原来正是那棵树,
窃取了我的好梦;
原来梦已被胶乳裹住,
送给了工人炼融……

1956 年 10 月 24 日　橡胶厂　上海

我们是擦洗世界的肥皂

> 我甚至愿意替我们的肥皂写一幅诗的广告

给你肥皂,给你肥皂,
洗尽世上的污秽;
让生活更纯净,
让生活更美丽。

给你肥皂,给你肥皂,
保护新生的肌体;
为了人类的健康,
它愿牺牲掉自己。

给你肥皂,给你肥皂,
我们大家都来洗;
我们是擦洗世界的肥皂!
我们是国际无产阶级!

1956 年 10 月 25 日　肥皂厂　上海

丝

记得曾经在一本书上读到,西方人把中国叫作China,是因为中国出产丝(Sinae);丝就是中国,中国就是丝。

应该写一千首诗,
来赞美我们的丝,
赞美自古至今采桑的女子,
养蚕的女子和织绢的女子。

像良心一样干净,
像爱情一样缠绵,
骑士因披肩而威风凛凛,
舞姬因长袖而飘飘欲仙。

母亲中国啊,当你披着丝的头巾,
走在世界的大街上,吸引了多少行人!
但我们的财富又岂仅在于丝?
更值得自豪的是天才的人民!

1956 年 10 月 27 日　绢纺厂　上海

给一位老电焊工

你钉了四十年的铆钉,
习惯于用铆钉的数目计算时辰,
回忆起过去的岁月,
总是首先想起当时建造的船只的名称。

你像一棵海滨的老树,
满脸的皱纹就是年轮;
论岁数你早该退休,
可是,你却坚持着又当了电焊工人。

电焊工,船坞里的花匠!
你的幽蓝的花朵永不凋零!
请看社会主义的春风过处,
老树也吹得繁花缤纷……

1956 年 10 月 26 日　造船厂　上海

我们相信这一天……

我们仿照自己的身体，
建造征服海洋的船只；
庞大的龙骨是背脊，
无数的钢梁是肋骨。

谁有这样壮阔的襟怀？
把巨轮唤作小小的婴孩；
船坞好比它的摇床，
标明吨位只是为了计算爱。

我们相信这一天必将来临：
五大洋会像湖泊似的宁静，
在旅客的名册中永远勾掉了战争，
各国的门环上都响着友谊的叩声……

1956 年 10 月 26 日　造船厂

人应该一切都美

每当日出日没,
霞光随风飘拂;
雨过天晴时分,
霓虹自天降临。

既然都落在地上,
就该把它们收藏;
若问有什么用处?
请看我们的染缸。

人应该一切都美,
从心灵直到服饰,
因此用天上的颜色
来装扮人间的男女。

1956 年 10 月 28 日　印染厂

刺猬的哲学

冬天来了,到处飘着雪花;
两位刺猬哲学家,
为了寻找食物,
抖抖索索地在野地里爬。

它们在路上偶然相遇,
彼此像绅士一样行礼如仪,
相互问过夫人公子的健康,
然后咒骂一阵子天气。

可恶的北风越吹越紧,
两位哲学家都觉得很冷;
不靠拢吧四面招风,
靠拢吧又实在螫人。

于是它们想出了一个聪明主意:
让双方保持一定的距离,
既不要过分的疏远,
也不宜过分的亲密。

可是天哪!这样怎能取暖?
如果各人只顾自己缩成一团?

丢掉这种刺猬的哲学吧,

应该掏出赤忱的心来交换……

1956年11月1日　上海

乌 鸦 与 猪

很久很久以前,
有一只平凡的乌鸦,
脑袋非常小,
嘴巴非常大。

多一点点思想,
它就难以容纳;
只要看见什么,
立刻叽哩呱啦。

有一天,它飞进了猪的家,
经过了一番观察,
便发表评论说:
可怕!可怕!呱!呱!呱!

猪听见客人喧哗,
连忙抬头问话:
亲爱的朋友,是什么事情
使得你这样激动?这样惊讶?

乌鸦啐了一口才回答:
呸!你简直黑得可怕,

如果我是黑色的,
我就决定自杀……

猪哼了一声说:先别夸,
我俩且到镜子跟前比个高下。
乌鸦毫不在乎地飞过去,
可是,猛一照,便破口大骂。

"这是多么严重的歪曲!
难道生活是这样的吗?"
这个故事适合于缺乏自知之明的人,
他们的狂妄恰好证明了自己的虚假。

1956 年 11 月 2 日　上海

西湖绝句

西风乍起,吹皱一湖绿水,
休得荡桨,揉碎如纱涟漪;
苏堤南北,白堤东西,垂柳依依,
青丝万缕,争斗旖旎,如何梳理?

1956 年 11 月 5 日　杭州

附注:这首小诗,发表在《新观察》1956 年第 22 期上。稿件投邮后,曾略作字面上的修改,待去信要求更换,杂志已付印了。这里用的是最后定稿。

怀 古

一

唐代大诗人白居易在杭州当过三年刺史;宋代大诗人苏东坡更两度出守杭州。他们在任时不但写下了许多千古传诵的名句,而且有着重大的政绩。他们都是在政治上有着远大抱负而无从施展的人物。

踏遍青山,掬遍湖水,
都为了探访先贤遗迹;
何处有白居易的青衫?
何处有苏东坡的布履?
满怀壮志,屈居杭州小吏!
长夜忧愤,毕生颠沛,
只换得千钟黄粱、三百诗句……

二

陆游是我国南宋时的大诗人,曾寄寓杭州孩儿巷。他写下了为数惊人的爱国主义的诗篇;中年投笔从戎,到过当时的最前线——汉中一带。他是诗人和战士相结合的典范;我国诗歌传统中的战斗性的特点,在他身上有着极其突出的表现。

读书三万卷,
学剑四十年。

——摘陆放翁诗

腰间系剑,怀中揣笔,
走遍蜀山吴水,
昏庸当道,戕尽了男儿志气,
报国无门,何处能跃马杀敌?

仰天悲歌,远望登高,
胡尘滚滚,难见中原风貌,
愿将《剑南诗稿》,
换取汗马功劳!

1956年11月6日　杭州

岳王坟前有一段古柏

公元1142年,岳飞被昏君赵构、奸臣秦桧以"莫须有"罪名诬杀于风波亭。岳飞遇害后,亭畔的一株古柏随之枯死,僵立不仆,达六百余年。清代,人民为了纪念岳飞,特将这株古柏的一段,移至岳王坟前。

岳王坟前有一段古柏,
它和岳飞并非生在同年同月,
却和岳飞死在同一时刻。

南宋残破的半壁河山,
全靠岳飞和它共同支撑;
岳飞既然死去,古柏岂能偷生?

那时间天昏地暗江潮呜咽,
岳飞和古柏相对默默无言,
八千里路三十功名竟成等闲!

从此古柏脱尽枝叶,
扎根在人民心间,万年不灭,
赵构化作了尘土,秦桧只剩下废铁!

1956年11月8日　杭州

给妻子的信

感谢你,当你把自己的命运
和一个边防军人联系在一起;
这是不平凡的选择,
需要强大的爱,需要勇气。

我相信你,正如相信我自己,
不论我在哪里行军,作战,
你的爱将会紧紧跟随,
保护我不受任何袭击。

请教会我们的儿子,
热爱爸爸的事业,
只要长大了为祖国战斗,
就必定能找到勇敢的未婚妻……

1956年11月26日　深夜

公正的狐狸

有一头狼想吃一只羊,
不料竟遇到坚决的抵抗,
几次三番的进攻失利,
肚皮反而被羊角戳伤。

这时候走过来一头狐狸,
它决意要调停这次冲突,
于是先用尺子丈量过狼和羊的距离,
然后站在中间表明自己不偏不倚。

狐狸把一切准备工作做好,
便向作战的双方严正宣告:
战斗应该在平等的基础上进行,
谁违反这一点谁就不公道。

接着它开始一一加以比较:
狼有许多牙齿,可羊的也不少,
爪子蹄子并无区别,反正都是脚,
然而狼没有角,因此羊角应该抛掉。……

善良的羊轻信了这番甜言蜜语,
狼立刻扑上来把它撕个粉碎;

为了感谢这头公正的狐狸,
狼送给它一条血淋淋的后腿。

1956 年 11 月 27 日　上海

驴子的反抗

在某些国家,有人欺骗群众,说什么帝国主义是可以被"说服"的,云云。

河岸上,矗立着一座磨房,
有三头驴子常在这儿见面;
它们分别属于三个主人,
三个主人的心肠一般狠。

某一天,水磨突然坏了,
三头驴子都感到十分高兴;
能享受到这意外地清闲,
不免要说长道短聊聊天。

话题像流水一般,听其自然,
渐渐地,三头驴子对生活有所怨言:
粗劣的饲料实在难以下咽,
鞭子似乎也抽得重了一点。

谈着谈着它们决定要起来"斗争",
为的是证明一下自己族类的尊严;
说不定主人们会大大受到感动,
因此而自动纠正以往的偏见。

采取激烈的手段会招来危险,
何况肩头负轭也早已习惯,
不如以苦行和死亡作为抗议,
从今后干起活来更要舍命向前……

1956年12月1日　上海

剑　麻

　　在南方的边境上，在前沿岗哨旁，常常可以见到茂密的高大的剑麻……

　　　　　　　　　　　　——摘自手记

沿着神圣的国界，
我们栽一排剑麻，
纤维坚韧如战士，
锯齿锐利如虎牙。

它是哨兵的活刺刀，
它是祖国的绿篱笆；
然而对和平的客人，
它捧上碗大的鲜花……

　　　　　　　　1956年12月24日

我在一九五六年除夕的奇遇
——一九五七年元旦献诗

一九五六年,
最后一个夜晚的最后一个钟头,
暴风雪
爬上我的屋顶,
用双脚跳跃,
并且
对着烟突
咆哮;
旷野上,
雪的波浪像一排狼牙,
闪过窗口,
掷下了
一片狂嗥……
我坐在火炉旁边
读报,
好!消息很好!
忍不住
欢笑。
可是,
大声喧嚣的暴风雪
真可恼!

有谁能帮助我
将这家伙撵走!

突然,房门被吹开,
跑进来一个老头,
白胡须,
白眉毛,
白帽,
白袍,
他力气很大,嗓门也不小,
一把拽住我,就大喊大叫:
"希望别人帮助你吗?
那就先帮助别人吧!
走!跟我走!"
"你是谁?"

"再过片刻,
自然分晓。"

就这样,
我被抛进雪原中,
孤零零的
像一颗偶然遗落在面粉中的
豌豆。

摸摸口袋,

报纸
没有丢掉,
摸摸心窝,
勇气
也没有丢掉;
血
在脉管中奔流
如同汽油
在内燃机中
燃烧。
我迈开大步
向前走,
目光四射;
"喂,告诉我,
那需要我帮助的人,
上哪儿去找?"

哦,原来是她!
一个瘦小的姑娘!
娇嫩得像一只鸽子,
却不怕吹折了羽毛!
"姑娘,为什么,为什么
大年除夕,
你像一片满帆
划破雪浪浮游?"
"我吗?

前面村子里，
有一个产妇在等候，
我必须去
把一切照料；
我是乡村医生，
青年团员，
这就是
全部的
理由！"

于是，
我伸出胳膊
坦然地
挽着她，
她也伸出胳膊
坦然地
挽着我，
——丝毫不用害羞！
是的，我们两个
认识不久，
但是，
不应当忘记，
从奔上革命大道的那一刻起，
我们就已经是同志——战友！

……

终于找到了产妇的屋子。
风雪中,
灯火幽幽,
像忧心忡忡的母亲
向我们招手!

鸽子
开始在屋里飞翔……

焦急,
忧愁,
和我们衣衫上的雪花
一齐融掉!
看,宽慰的泪珠
正在产妇的睫毛上
颤抖;
婴儿的啼声
飞向人民委员会,
请求
登记户口!

这个瘦小的姑娘、乡村医生、青年团员,
忽然变得威风抖擞;
她向我下命令:
"拿酒精!"
——是,拿酒精!

"拿棉球!"
——是,拿棉球!
"拿体温表!"
——是,拿体温表!
"拿欢乐!"
——是……什么?

"不懂吗?"
"这个,请原谅……"
"我是叫你朗诵诗,
你难道不觉得
生命在这里号叫,
因为
欢乐的空气
还不够?!"

我立刻从口袋里
抽出那一份报纸
宣读:
——我们已经
提前
超额
完成了
五年计划的
全部指标!

"小公民,收下吧,
这一份礼物不算少!"
满屋子的人笑起来,
笑!笑!笑!
压倒了风雪怒吼!

这时候,
房门敞开,
奇怪!
又是他!又是那个老头!

"你到底是谁?"

"我吗?
我是一九五七年呀……"

"哦,那么,请留下吧,
和我们一起
喝这杯喜酒!
——现在,大家肃静,
让我来
为所有诞生在一九五七年的
婴儿
祝福!
祝他们成长,
祝他们长寿,

祝他们接替我们手中的火炬,

万岁,共产主义的马拉松选手!"

1956年 岁末 北京

海 的 传 奇

你知道吗?大海是一只蓝杯,
波涛如同美酒,泡沫四溢,
当心,少年人,星星燃烧的午夜
莫要接受蛊惑,莫与水妖共醉……

1957年 北京

我不知道,也不否认

是什么奇异的缰绳,
终止了野马的驰骋?
占领了这颗骄傲的心?

是以眼波的鞭笞?
抑是以手指的温存?
我不知道,也不否认……

1957年　北京

团　圆

等到了十五的月亮，
等到了三更的月亮，
借一缕清辉
洒在她的枕上，
哦，等到了吉祥的月亮……

1957年　北京

霓　虹

　　　　心灵美丽的撒尼人告诉我这样一个故事……

一

爱情,不疲倦的风,你往哪儿吹?
为何你又教我的琴弦战栗?
汹涌起伏的思潮呵,
为何你又摇撼我生命的船只?

人间善良的少男少女,
愿你们快快聚拢一起!
在脆弱的琴弦绷断之前,
请听这悲惨的一曲。

我的主人公被残暴的雷霆追击,
命运之神待他们是如此乖戾;
朋友,敞开你们纯洁的心扉,
接纳他们吧,让他们得到荫庇……

二

故事发生在蛮荒的远古,
那时候地上到处是树木;
村寨与村寨之间,

几乎就没有道路。

人们的生活卑微而又艰苦,
只有爱情能带来一点幸福。
为了实现这神圣的愿望,
常常要忍受可怕的痛楚。

却说牧奴和农女私自爱慕,
彼此连炊烟都有话倾吐;
男子必须夜夜穿越森林,
才能享受到片刻的欢晤。

三

幽会的地点设在一间马槽,
盖的是芭蕉垫的还是芭蕉;
他们本都是情感的富豪,
尽管枕了些光秃的石条。

马槽里爱情的光焰缭绕,
看上去仿佛有大火燃烧;
钟情的男子呵痴心的女子,
忘却了害羞更忘却了烦恼。

看星斗在云层中游遨,
眼波横溢呵情思缥缈,
也许是仿效马槽的榜样,

全然不感到太空的寂寥……

四

爱情呵,万古常新的甘泉!
你的力,你的美,哪里发源?
既不是金银玉帛给了你魅力,
又不是刀斧剑戟给了你威权;

虚假的盟誓往往变化多端,
肉的热狂只能剩下些厌倦。
那么,告诉我,究竟是什么原因,
使得爱人者和被人爱者如此勇敢?

长青树自幼不怕风雪严寒,
坚强的种子能将冻土击穿!
牧奴啊,当你夜半徒步过森林,
多少次你得和死神面对面周旋!

五

洪荒的森林披垂着黑色的羽翼,
罪恶,就在其中某个角落栖息;
毒蛇对牧奴阴险地窥伺,
猛兽向牧奴贪婪地搏击。

谁饮过爱河之水,
谁就会得到智慧;

请看这填满碎石的葫芦,
牧奴用它来将野物吓退。

卡拉拉,爱情藏在葫芦里私语,
卡拉拉,它催促牧奴加快步履,
卡拉拉,牧奴频频摇着葫芦,
卡拉拉,这声响是多么甜美……

六

然而岂仅毒蛇猛兽是罪恶的化身,
更多的时候它把自己装扮成人形。
牧奴呵你既然酿了一箱人生的蜜,
就应该小心提防那些觊觎的眼睛!

牧奴的心像一块透明的水晶,
拒绝猜疑的灰尘,不做冷酷的冰;
欢乐——他慷慨布施,
忧患——他勇敢担承。

牧奴呵为何你还进森林?
岂不知那网罗早已织成!
邪恶的手指将碎石捻作了面粉,
你的旅伴你的葫芦失去了歌声!

七

这是个月黑风高放火天,

森林号泣,尖厉而凄惨;
饥饿煽起了兽性的仇恨,
肠胃和肠胃展开了混战。

牧奴在林中急走,路程将近一半,
夜色如漆中忽有惨白的獠牙一闪,
野猪!生性狞恶的野猪紧追不舍,
葫芦!何以你今夜变得胆怯无言?

终于他明白了遭人暗算,
只得将面粉倾洒在地面;
但愿野猪吃罢了不再追赶,
他当在农女怀中笑谈风险……

八

几次三番闪避野猪的逆袭,
些许面粉怎奈何欲壑无底!
森林已尽了,马槽在望了,
牧奴却受到致命的一击。

小腹被拱破,肠子被撕裂,
扯下套头将创口草草裹披;
爱情是否将与生命一道终止?
他心疼了,难解这疑惑的结。

爬呀爬呀,爬也要爬去和她告别。

只要能再看她一眼,纵死也欢惬。
死神!且慢吹熄这盏生命的灯!
爱情哟,爱情哟,还不甘寂灭……

九

风暴摧残过的园圃,花朵全凋零,
花瓣儿萎弃泥中,香尘依旧飞腾;
可恶的时间呵莫要待他如此悭吝!
让他头枕死的藩篱,再做一个好梦!

"心爱的,奴隶要活着回去见主人,
把羊群交还给他,一只只当面点清。
可是明天一旦乌鸦叫,准定是我死了,
远方浓烟滚滚……将是我火葬的精英。"

田野静悄悄,只有牧奴的呻吟,
欢笑永别了,剩下农女的悲哽;
有耐性的死神正在门外逡巡,
等待这新恋的朋友结伴同行……

十

秋声四起,生命之树憔悴,
农女跪在地里,长发低垂,
这时刻报丧的鸟儿张开利喙,
又把泪人儿的肝脏啄碎。

森林尽头,烈焰从树梢上腾空升起,
呵,莫非那温柔的血肉已化作尸灰?
农女抛却齿耙,径直飞奔而去,
那里,万恶的主人正在逞凶得意!

为何要拦阻农女,不让她投入火堆?
既不让同世为人,何不让同穴为鬼?
撒一把贝币,教主家去争夺不已,
刹那间,青烟两股已在半空偎依……

十一

如果每一个人都美丽如珍珠,
这世上该有多么明亮和富足!
可为何珍珠中偏掺杂鱼目,
难道吃的不是同样的五谷?

看那恶人们的心肠多么歹毒!
他们硬要把情人们分隔两处;
不料想余烬中爆出两株大树,
枝连理叶婆娑又合抱成一簇……

恶人呀为什么还要将树木亵渎?
为什么你们又抡起了锋刀利斧?
一定要斫就徒劳地斫吧,
斫成碎片也要飞向一路!

十二

恶人们把木片投入湖水中央,
木片飘飘荡荡化作一对鸳鸯,
不畏火也不畏水的爱情使恶人疯狂,
舀干湖水又将他们一一捕捉杀伤。

五彩的羽毛漫天飞扬,
牧奴和农女比翼翱翔,
男子化作霓女子化作虹,
一道道在下一道道在上……

只因为不愿袒露腹部的创伤,
霓光常常羞怯地掩藏;
农女她原本是俏丽佳人,
化作彩虹自然仪态万方……

十三

朋友,让我们携手并肩仰望长空,
我们一起去寻访那美丽的霓虹。
牧奴呵农女呵如今你们何在?
但见你泪眼蒙眬我也泪眼蒙眬。

朋友,让我们跟随这不疲倦的风,
把人间的花圃一一播种;
那时候我们再在泪眼蒙眬中相看,

霓虹就会从你心中贯通到我心中。

那时候,有一个答案大家都能懂,
真正的爱情,使人高尚而且英勇,
它的力,它的美,打从哪里发源?
坚贞的岩洞中自有甘泉日夜喷涌!

1956年11月11日—1957年1月16日　北京

春天,又来到了我们身边

春天,又来到了我们身边,
同志,让我们替她掸一掸衣衫;
还有最后的几颗雪花,
沾着她浑圆的双肩。

春天,又来到了我们身边,
同志,让我们挽着她缓步向前;
她可爱得像一株小树,
柔嫩中透出一股新鲜。

春天,又来到了我们身边,
同志,让我们把现在当作起点;
整个冬季我们积蓄力量,
正为的是向新的一年贡献。

春天,又来到了我们身边,
同志,让我们快开始和平的春耕;
记住,只要用刺刀编一道篱笆,
敌人就不敢来播种战争。

春天,又来到了我们身边,
同志,让我们的祖国鲜花开遍;

春天将在我们这里长住,

最好的住处就在你我心间……

1957年1月24日　北京

姐　姐

一

我来到了北方，
人们告诉我：
在长城外边，
沙漠大得像海洋，
骆驼就是沙漠里的船，
城市，如同避风港。

我是南方长大的孩子。
在一串璎珞般透明的湖泊旁边，
有着我亲爱的故乡；
贝壳、鱼网和清凉的月光
装饰过我童年的梦想。
在那黄金般的日子里，
我唯一温柔的姐姐哟，
曾经给我讲过多少故事，
有的快乐，有的悲伤……

在所有的故事当中，
只有一个并非故事的故事
使我终身难忘。

这个故事讲的是骆驼和北方,
被鞭打的骆驼,
被鞭打的北方。

记得那年秋天,
西风卷着黄叶敲打门窗,
一个卖糖人儿的老爷爷,
挑着破旧的担子
走进了我们倒败的村庄,
老爷爷敲响了小小的铜锣,
孩子们立刻聚拢在他身旁。

我望着那些糖做的玩具,
吮吸着手指,
拉住姐姐的衣角不放,
我的慷慨的姐姐哟,
她笑了笑说:用我的私房钱买吧,
你自己挑一样。

我挑什么呢?——
翘尾巴的公鸡,
长胡须的山羊,
没有一样不可爱,
我,我简直没有了主张。

忽然,一种喊不出名字的动物,

吸引了我的目光,
它的模样是这样庄重,这样善良,
它的高高隆起的肉峰,
又是这样撩拨着我的好奇的想象……

"这是什么?"
"小骆驼。"
"小骆驼的爸爸妈妈是大骆驼吗?"
老爷爷摸摸我的头说:
"孩子,它的爸爸妈妈是大骆驼,
它的家,在北方。"
"北方远吗?"
"远……远得像天边一样……"
不知道为什么,
老爷爷举起粗糙的手掌
捂住了充血的眼眶……

姐姐赶紧把我牵开,
动作是这样匆忙;
我抱着骆驼,一步一回头,
感到十分迷惘。

回家来姐姐才对我说:
"老爷爷是北方人,
老爷爷想起了家乡。
老爷爷曾经赶着骆驼

跋涉在北方的土地上,
沙漠,旋风,十二月的冰霜;
六十年的岁月过去了,
到老来还落得四处流浪……

"北方是悲哀的。
军阀们连年打仗,
到处是刺刀、炮楼和死亡,
数不清有多少土皇帝
骑在老百姓的脖子上,
穷困的乡野
长着稀稀落落的玉米和高粱,
喜峰口外溃败下来的中央军
又把这一点点可怜的庄稼抢光……
就在这个时刻,
日本鬼子的太阳旗
像一块烧红了的烙铁,
投向了中国的胸膛……

"老爷爷有过儿子和孙子,
儿子被乱枪打死在战场,
孙子被财主卖掉抵了账;
就像一头被主人遗弃的老骆驼,
老爷爷啊
被命运抛过了长江……"

这天夜里，我悄悄地哭了，
我不忍心用牙齿把糖骆驼咬碎，
只是紧紧地抱住它，
把它贴在我的心上；
糖骆驼呀，只有你知道，
这一夜，我的幼小的心房
是怎样开始了第一次的热血激荡！

……第二天早晨，
骆驼在怀中化成了糖浆，
姐姐立刻明白了一切，
她抱着我，亲我，
对我微笑，对我凝望，
如今我还记得
她的笑容是多么凄凉！
在她凝滞的目光中
蕴藏着对我未来的担忧和惊惶！
有谁知道呢？
我的善良的姐姐哟，
她始终不曾对我明讲，
那一刹那间，
在她脑中闪过了一些什么样的思想？

二

没有多久，
姐姐出嫁了，

人们抬走了两只红漆的箱子,
也抬走了像箱子一样的轿子,
箱子里装的是几件陪嫁的衣裳,
轿子里装的是一个被出卖的姑娘,
我的苦命的姐姐哟,
这一切是多么可怕!
为什么,为什么
锣鼓和唢呐要用欢乐的调子出丧?
姐姐,我的好姐姐哟,
在你短促的一生当中,
这一天又是多么漫长!

在和悲哀的北方同样悲哀的南方,
女人的头顶没有太阳,
我的姐姐像一朵晚秋的花,
一个时辰更比一个时辰枯黄。

……一天深夜,
我被母亲的哭声惊醒;
一个陌生的男子
坐在厅堂中央,
他甩了甩缠着黑纱的袖筒,
用淡漠的语调叙述着姐姐的死亡,
他说,虽然没有请医生,
可是为了教病人恢复健康,
他曾经亲自烧过三炷清香,

然而,他没有说出来另外一个数字,
——这个抽鸦片的地主的儿子!
究竟是谁在我姐姐的脊背上
打断过三根烟枪?
他也更不会说出来这样的事实,
我姐姐的薄板棺木,
一直被丢在破庙里不曾安葬……

我的苦命的姐姐哟,
你的充满怜悯的话语
还在我耳边鸣响,
你说,老爷爷痛苦的一生
就像骆驼一样,
可是,你自己呢,
在没有骆驼的南方
岂不也像骆驼一样?!

三

今天,我随着调防的人民军队
从南方来到了北方,
我第一次看见了活的骆驼,
我的姐姐哟,
你无论如何也想不到
骑骆驼的竟是一群姑娘,
一群和你当年一样美丽的姑娘!

她们一共有五个,
携带着八只骆驼,一架篷帐;
这是一个流动的家庭,
一个地图上没有名字的村庄!
她们是地质勘探队啊,
在她们踩过的土地上,
将要像神话一般
到处涌现出矿山和工厂!
涌现出宽阔的马路和高大的楼房!

而且这个领路的老者
和卖糖人儿的老爷爷又是多么相像!
他骑着自己的骆驼,
把马头琴连连拨响;
琴声好似一条嬉闹的小河,
挟着四溅的浪花,
从一个心房
流向又一个心房……

我的亲爱的姐姐哟,
当我忍不住把你的一生
告诉了这些勇敢的姑娘,
她们太息了,
眼中熄灭了欢愉的光芒,
姐姐哟,夭折的青春哟,
请听她们动情的歌唱!

第一个姑娘

你的姐姐是值得怜惜的,
同志,我能够理解
能够理解你的伤逝的凄怆。

我以我的童年作代价,
(一辈子只有一次的童年啊)
从牧主那儿换来粗粝的口粮;
我的羊儿和我的童年都为牧主所吞噬,
牧主——这才是最凶恶的豺狼。
有一支歌儿编得真好——
  对面山上的姑娘,
  你为谁放着群羊?
  泪珠儿湿透了你的衣裳,
  你为什么还不回家乡?
这支歌儿是为我编的呀,
就是在如今
我一听见别人演唱,
依然忍不住悲伤……

第二个姑娘

说什么忍不住悲伤?
(虽然她两眼闪着泪光)

我们应该尽情欢乐,应该充满希望……
你看这白天的太阳给人带来多少力量,
而夜晚的月亮又给人带来多少幻想,
我不愿谈论过去发生的一切,
我不愿任何罪恶的暗影
来妨碍这心上的一片明朗,
我庆幸我出生较晚,
我庆幸我年轻力壮,
我是新孵出来的小鸟呀,
我有翅膀! 我要飞翔!
看啊,这万里长空
岂不正是为我而开放!

　　第三个姑娘

我有时候也羡慕你的单纯,
我们的新孵出来的小鸟同志!
你单纯得就像一粒金黄色的松香,
时时刻刻散发着生活的甜味和芬芳。

然而,在我们这片土地上
的确有过没有甜味也不芬芳的生活,
——我们没有权利把它遗忘!
小妹妹,我毕竟比你年长,
我不能磨灭掉那些可怕的印象;
同志们,你们早已知道

我做过阔人家的婢女,
屈辱的岁月使我变得异乎寻常的抑郁,
而又异乎寻常的倔犟……
对于那不义的威权和不洁的金钱,
我要永远地恨!恨!恨!
对于那淡忘了过去的人,
我要重复地讲!讲!讲!

第四个姑娘

……今天是我父亲的忌日。
同志们,请你们低下头来
纪念他的死亡。

我以为,如果我们哀悼死者,
我们首先应该哀悼死者中的勇士,烈火中的凤凰,
在人类死生交替的历史中,
他们才是脊梁。
我的父亲是中国最早的布尔什维克中的一个,
他没有遗产留给他的女儿,
不,也许应该这样讲:
他有一笔大得无比的遗产让我们分享,
那就是党,光荣的党。
父亲牺牲了,把脚印刻在革命的道路上,
它们——就是女儿的方向……

第五个姑娘

我不会说话,
我是农村长大的姑娘。
我只知道劳动,
在诚实的革命者的天平上,
劳动,比说话更有分量。

……
……

姐姐哟,我的亲爱的姐姐哟,
你死得太早,死得太冤枉!
你徒然读了许多悲苦的小说,
徒然为那些命定的结局摧断肝肠!
千篇一律的有毒的说教
腐蚀了赤子的愿望,
一切都是天意,
非分就是狂妄。
然而,该死的旧世界
又是多么需要大胆的人们!
又是多么需要反叛的思想!

姐姐哟,早死的姐姐哟,
你已经来不及亲眼看见
我们正在建设的崭新的北方和崭新的南方,

你已经来不及亲眼看见

男人们的欢喜的亲切的目光,

我们男子因女子而感到骄傲,

在战斗的伙伴中

有着多少可以指望的姑娘!

压在最底层的妇女站起来了!

她们正拿着铁扫帚,

在世界的庭院中把垃圾扫荡!

等到地球上再也找不见像姐姐那样的苦女子,

那时间,姐姐哟,我将俯向你新修的坟头,

告诉你一个好消息:人类

终于全部解放!

1956年9月—1957年2月　上海—北京

幻想着,在喜马拉雅山麓……

幻想着,在喜马拉雅山麓,
幻想着,我有一所小小的房屋,
喜马拉雅山正好做一堵墙,
从那儿,我凿开一个窗户。
——每天清早起来,
　　我总要问候你,印度!

我将会珍爱我的小屋,
温暖、明亮、坚实的小屋,
在那儿,我接待探矿者、猎人、佛教徒,
在那儿,我用贝叶写书。
——贝叶原是你女儿给我的呀,
　　你有多么好的女儿哟,印度!

那天傍晚,我们隔着窗棂会晤,
我赠送她并蒂雪莲,当作礼物,
然后目送她去泉边汲水,
头顶瓦罐,一路上轻歌曼舞……
——吉祥的星辰升起来了,
　　这也是为了照耀她呀,印度!

在窗边,我们曾彼此把心曲吐露,

期许着,期许着推倒高山变坦途;
那时候,松针上的霜花会恋爱阔叶上的朝露,
我和你女儿将携手去拉萨溜冰,去孟买海浴……
——让万国成一家,气候温煦适度,
  哦,新的世界!新的中国!新的印度!

          1957年2月21日 北京

致 老 街

二月三日的《人民日报》刊载了一则河口老街边民春节联欢的消息,这消息不仅吸引了我的目光,而且吸引了我的心……

在我的色彩绚烂的回忆之匣内,
珍藏着红河的绀黄,南溪河的碧绿①,
还有河口郊外罩着伪装网的警戒阵地,
从那儿,透过雨季中洗净的蓝天,
能望见老街的淡红砖瓦的脊背。

难忘的一九五三年。十月。太阳和雷雨。
柠檬在枝头做了一个热带的梦,醒来犹醉,
于是,山中的雾,草上的露,都浸透了甜味……
突然,法国强盗来了,三千名飞贼
把降落伞挂在果园里,开始对老街射击。

就在这样艰难而危急的时刻,
老街哟,我在桥头高声呼唤过你②,
坚持啊,坚持!撕下衬衫把伤口裹起,

---

① 红河水色绀黄,南溪河水色碧绿,两河汇流处,并立着河口、老街、孤柳三座城市。
② 桥头指中越大桥。

不要失血过多,不要昏迷过去,
胡伯伯正在给你送来弹药和粮食。

迫击炮和重机枪的吼声,近在咫尺,
芭蕉丛中,有赤脚的农妇在把彩号护理,
夜半篝火四起,火光熊熊,
映红了造饭的人民军战士的竹笠,
听着看着这一切,谁能够平静?谁能够安睡?

而河口的大街上,开放了所有的扩音器,
播送着,反复不断地播送着:
美国侵略者被迫同意签字,
朝鲜停战谈判达成协议……
万岁!和平的胜利!人民的胜利!

老街,我相信,你一定听见了这个消息!
因为我看见你更加奋勇地保卫自己,
因为我听见你发誓:无论是柠檬还是土地,
都决不让它落进敌人的橱柜!
——请看,昨天还是誓言,今天已成现实。

1957年2月22日　北京

唢呐和叶笛[①]

绿色的南方向北方送礼,
礼物是水稻、树苗和我的歌曲。

于是在匆忙中,
我失落了叶笛。

但北方递给我唢呐,
并且说:这是你的乐器。

我乃登上台阶般的长城,
望黄河犹如门前一湾流水。

向着北方,我吹奏起来;
以全生命,以新的大欢喜。

北方是棕黄色的,
广袤,雄浑,蕴藏着哲理。

但我仍然有梦幻和情思,
因为我啜饮过南方的泉水。

---

① 这首诗原系《在北方》诗集的代序。

有一天,也许我会重新拾得那叶笛,
而唇边又将流出北方的乳的香味……

       1957年3月7日　北京

海　岬

　　从大洋彼岸,我们听到了聂鲁达的歌声……

据说,退休的老水手
喜欢把自己的房子筑在海岬上,
他的肺叶,他的心,
需要呼吸咸的风浪。
你不是也有一所海岬上的房子吗?
但你不是退休的老水手;
既然你从马德里的血泊中
拯救了诗,拯救了自由,
你就终生不能退休。

我们是乐观的人。
我们认为,这个世界
并不是一只脆弱的舢板,
它决不会在风暴中迸裂成碎片,
会迸裂成碎片的
只是那些脆弱的心灵,脆弱的信念。

因此,当别人争夺着救生圈,
当别人寻求着避风港,
当别人放弃了登陆的希望,
当别人开始随波逐流,不再去辨别方向,

你却拄着手杖在安第斯山中行走①,
从人民和花岗岩的内部
找到了力量。

你的海岬屹立着,面对着狂暴的大洋。
尽管有成千吨腥臭的油墨
和印刷着各种脏话与咒语的纸张,
像重重黑色的波涛
一起倾倒在你的身上……
你的海岬屹立着,面对着狂暴的大洋。

人民因你而富足,
你因人民而幸福。
口沫四溅的资产阶级
站在你面前,不过是一名侏儒,
就像那喧嚣的海水,咆哮着,
咆哮着,却永远冲不上海岬的高处!

我知道,虽然在你的门旁
立着一座木雕的女像,
难道用得着向她祈求平安么?
能给我们的良心以平安的
只有矿工、渔民和贫农的
党!

1957 年 3 月 22 日　北京

---

① 纵贯智利的大山脉。

寄给阿克斗卡的筑路者

中亚细亚的风雪
已经撤退；
我的视线,转向
喧闹而繁忙的阿克斗卡工地,
我看见,在来不及油漆的站长办公室,
美丽的女打字员
贴着鬓角,动人地插上了
春天的第一朵蓓蕾。
可是,请告诉我,为什么
她不时凝望着窗外,
并且常常脸红,神色迷离?

……站台上,铁轨堆积,
哦,昨夜,姑娘曾和年轻的钉道工
藏身其中,促膝低语;
心爱的人儿一早就出发了,
向东,向东,向中国
今年要铺轨 150 公里……

姑娘,这是暂时的分别,
没有关系!
既然你俩的心并不是车站,

就不会有距离!
我,一个中国诗人,
我不熟悉阿克斗卡的丘陵和田地,
也不知道那儿流着什么颜色的河水,
然而,我懂得阿克斗卡的筑路者,
他们是勇敢的人,
他们是我的兄弟!
我们,普通的中国人和苏联人,
全都明白:铁路从阿克斗卡通向乌鲁木齐,
不仅是为了两个国家,
而且是为了整个人类!
让我们之间多几条这样的钢铁纽带吧,
它可以保证地球不会破碎!

姑娘,我要用自己的诗句告诉你,
你不会白白忍受思念的痛苦,
不会的,决不会的,
当我们两国的铁轨越境亲吻的时机,
你将一定能得到全部的补偿,
全部的快乐和甜蜜……

1957 年 4 月 19 日 北京

白　杨

——赠给参加西北建设的南方青年

沙岗上，立着一株白杨，
干燥的叶子敲出金属的铿锵，
树干犹如尖利的喙，
迎面啄破旱风的胸膛。

入夜，也曾带一身辛劳梦游南方，
那里有过剩的水，过剩的春光，
那里有庞大而喧哗的绿的家族，
枝叶婆娑，织一张温软的网……

但白杨醒来，宁愿要这沙岗，
宁愿在铁炼中繁衍、生长；
她爱这雄壮中的美丽，
她爱这美丽中的雄壮。

1957 年 6 月 21 日　玉门

千佛洞顶礼
——题在艺术家常书鸿同志的纪念册上

四百八十个石窟,
多少莲座自沙海浮起!
暮鼓晨钟,日月相催,
铁马在风中叹息;
连太阳都衰老了呀,
鸣沙山上,踏着艰难的步履,
佛,默默无语……

虔诚的供养男女,
早已在苦海中溺毙,
何尝有西天乐土?
谁见过慈航普渡?
敦煌自古征战地,
戈壁滩头,但见黄尘裹马蹄,
佛,默默无语……

佛知道什么?它本是一团泥!
你看它冷漠寡情,眉宇低垂,
全不把芸芸众生放在眼里!
给千佛洞以生命的不是佛!
佛不配享受这荣誉!

光荣归于无名的匠师！是他们
以人的手创造了奇迹！

是他们，借了佛的名义
以永不褪色的油彩
描绘了人民自己：
对命运的怨愤，
对不平的抗议，
对未来的希冀，
还有人民心灵的善良和美丽……

峭壁上，岩洞如蜂窝般密集，
想当年，匠师们曾在那里栖息；
是的，岩洞寒伧而且卑微，
但哪一块砾石没有枕过他们沉思的头？
青丝换作白发，三十年塑成一佛！
谁敢说在他们胸中燃烧的
不是对艺术的忠实？！

他们疲倦了，死了，
怀着大痛苦和大忧虑……
千佛洞失掉了美的缔造者，
黑风立刻驱赶流沙将它淹没，
来自异邦的"文明"盗匪
更是成群而又逐批！
千佛洞呵，剩下了奄奄一息！

是什么奇异的声音召唤了你?
你,既不是皈依佛祖的子弟,
又非梦中领受了神的旨谕!
你却前来,劳动着,十五年如一日,
终于从一个孤独的艺术家
变成了自觉的布尔什维克——
这样的跋涉,难道比玄奘容易?

你和你的战友接引泉水,
灌溉了这大漠中的一点绿意,
你和你的战友拿起画笔,
复活了这石窟中的万千人物;
正像涅槃再生的释迦牟尼,
古老的千佛洞,又获得了新的生机!
死去的匠师们,又获得了新的呼吸!

四百八十个石窟,
我一个个膜拜顶礼,
艺术不朽! 人民不朽!
请听匠师们在地下笑语!
太阳重新变得年轻了,
钟声如雷,将宗教的噩梦击成粉碎,
大地醒来,在我们的新世纪。

1957 年 7 月 2 日　莫高窟

附志：千佛洞，距敦煌县城 26 公里，是我国最伟大的艺术宝库之一。四百八十个石窟，保存有自北魏、隋、唐至晚清的壁画塑像无数。历经英、法、美、日各国"学者"和沙俄亡命徒盗窃破坏，损失甚大。蒋帮统治时期，虽设有所谓保管机构，但从未引起重视。当时，在重庆举行过一次展出，它的最伟大的鉴赏者和支持者，是我们敬爱的周总理。新中国成立后，在党和人民政府的爱护下，才真正开展艺术研究工作，千佛洞面貌也焕然一新。现任敦煌文物研究所所长是常书鸿同志。

兰 州

兰州的马路尘土飞扬，
一堆堆砖瓦一堆堆泥浆，
这边的厂房在安装机器，
那边的学校散发着漆香。

市声喧嚣，人群掀起彩色的波浪，
各路的口音，各路的梳妆，
过往行人偶一驻脚，
就能在身边发现故乡……

粗线条勾勒出一个大理想，
城市的每一瓣肌肉都透露着生活的力量；
同志，你是否也觉得它像一个少年，
发育异常，却绷着一件窄小的衣裳？

1957 年 7 月 11 日　兰州

民警和我

我来到兰州市中心区,走近交通岗,
向民警同志敬个礼,然后靠拢他身旁,
我对他说:你的岗位是值得羡慕的,
正是你,站立在我们巨大的诗的中央①。

他微笑点头,问我什么职业,来自何方,
我回答他:四海都是家,为人民歌唱;
于是他让我并肩站立了一会儿,于是我看见了
奔向同一理想的万千劳动者和万千车辆……

1957 年 7 月 11 日 兰州

---

① 兰州居于全国地理位置的中心。

飞 天

在西方的神话传说中,凌霄必得插翅;但敦煌的"飞天",却如你我肉身,舒臂御风,祥云掩拥,栩栩然,翩翩然。有若天成而不得不飞者;无翼而登天,才称得起诗的上品,达到了想象的高峰,较之西方,似又高出一格。

人间的风哟人间的阳光,
人间的衣带轻飏,环佩叮当;
如铜的肌肤黝黑,如钢的骨骼雄壮,
全然是农夫百匠的欢愉模样。

琵琶如我们的一般圆,一般清亮,
唢呐如我们的一般长,一般高亢,
那流泻无尽的天籁哟,
夜夜响过村巷,真切而又微茫……

神人呀,且看我们动手建造天堂!
完工后,走路当然也就如同飞翔!
不信么?万里青空,如镜一方,
你,就是我们在天际反射的影像!

1957年7月—8月　兰州—北京

在阿克塞部落做客

在积雪的祁连山旁,
罗列着阿克塞部落的毡房;
就像是一排鹰巢,
悬挂在危岩之上。

毡房里住的哈萨克人,
他们是鹰中之鹰!
站着的时候是一堵墙,
骑马的时候是一片云。

好客的主人掀开了帷幕,
立刻用酸奶子把我们灌足;
忽然听说客人来自北京,
又举杯过顶为毛主席祝福。

"旧社会逼我们四处流浪,
只好把马背当作故乡,
不为贪图钱财,不是生来轻狂,
为了自由呵,甘愿忍受风霜。"

仿佛是赶来替主人的性格作证,
艳阳天平白掷下雷霆,

电火在门外燃烧,

接着又大雨倾盆……

等到主人结束了对过去的诅咒,

阿克塞上空也就云散雨收;

今日的幸福难道还需要介绍?

分明已听见了草原上有羊群奔走……

1957年8月9日　北京

怎样当主人?
——献给团的第三次全国代表大会

我们知道
　　　共青团员
　　　　　应该是这样的人：
——在青年一代中
　　　铁里做钢
　　　　　肉里做筋
如果党号召我们
　　　带着理想和铁锹
　　　　　向沙漠进军
我们就高高兴兴地去
　　　去栽树
　　　　　去建造新的城镇
去指点给全世界
　　　看哪
　　　　　看哪
哪儿有我们
　　　哪儿就有活泼泼的水
　　　　　　活泼泼的生命
满怀诗的激情
　　　我们开动机器
　　　　　试制新产品

或者在荒地里
　　　搭起野营
　　　　　布置春耕
或者穿着白罩衫
　　　站在显微镜前
　　　　　研究细菌
要让劳动愉快
　　　人们长寿
　　　　　五谷丰登
但,一旦战争爆发
　　　需要歼灭
　　　　　进犯祖国的敌人
我们就一定
　　　以烈火的暴雨
　　　　　大声发言
打得侵略者
　　　连睡在棺材里
　　　　　也会被噩梦惊醒
是的,在我们的土地上
　　　有过两脚兽
　　　　　和骗人的神
感谢吧,感谢
　　　我们的父兄
　　　　　已将它们驱除干净
于是,我们有了
　　　一个骄傲的称号:

　　　　　　　　　　　　主人
主人
　　　就应该像个
　　　　　　　　主人
主人
　　　就是
　　　　　亲自动手
干涉
　　　一切一切的
　　　　　　　大小事情
主人
　　　就不应当
　　　　　　目光短浅
主人
　　　就应当有一颗
　　　　　　　　包容世界的心
要时刻关怀
　　　　　人民
　　　　　　像关怀母亲
要时刻谛听
　　　　　别的什么地方
　　　　　　　　还有呻吟
被压迫的兄弟呵
　　　　　　也许
　　　　　　　　需要我们帮助他们
此外,只要时间充分

　　　　　　还不妨想一想

　　　　　　　　　月亮和火星……
要做这么许多工作么？

　　　　　　——是的，要做

　　　　　　　　而且要得满分
那么，关于荣誉呢？

　　　　　　可不可以

　　　　　　　想想……想想个人？
荣誉么？

　　　我们的回答

　　　　　　很简单
就像石油工人

　　　提炼原油时

　　　　　　得到了沥青
荣誉

　　只是劳动的

　　　　　一种副产品！

　　　　　　　　　　1957年9月　北京

在黄河支流的支流上

在黄河支流的支流上,
有一座小小的水库;
那里贮藏着甜的汗浆,
它是我胸中的湖。

揣着它走遍四方,
心儿全不沾半点尘土;
为祖国劳动到血管贲张,
这湖就永远不会干枯……

1958 年 10 月 1 日　山西太谷郭堡

夜宿古香林
——探矿日记之一

多谢啦,夜的古香林,
乍相识,就赠给我半床明月,满枕涛声;
三五青山,好似一群淘气的邻家少年,
倚着窗儿,对我直挤眼睛……

仿佛说:"打一个哑谜,你可要猜准,
铁,究竟藏在我哪一只手心?"
青山呀,休怪我所答非所问,
告诉你们,祖国,需要一张坚固的盾。

1958 年 10 月　万山丛中

关于赤铁的歌
——探矿日记之二

我们砸碎了石头的枷锁,
释放了尚未成形的机器、道轨和龙骨;
跟我们走吧,笨重而又可爱的家伙!
去高炉!去车间!去工地!为社会主义干活!

每一块矿石哟,都在我们心的天平上仔细称过。
你的分量不能用斤,甚至不能用吨来计数!
既不能是青铜,也不能是黄金和白银,
只有你啊,才配得上将祖国的形象雕塑!

1958 年 10 月　万山丛中

快　乐
——探矿日记之三

刀削的峭壁哟,如危楼相扑的长巷,
黄昏的峡谷哟,裹紧了黧黑的衣裳;
蚕茧似的苍穹,抽一股青丝曳向远方,
谁做伴——只有闪闪流逝的天光……

亲爱的朋友呀,原来你竟在这儿躲藏!
狂喜的翅膀呀,快驮起这亿万吨重量!
但愿我立地变作高炉,将矿山纳入胸腔,
野茫茫——飞起一轮铁铸的骄阳!

1958年10月　万山丛中

夜　歌
　　——探矿日记之四

知道吗？七月里，三更天峡谷最美，
脚下山溪夜涨，头上银河四溢；
难道用得着细看明亮的星宇？
你我眼中，自有那火焰熠熠……

太阳的精魂，山野的篝火，月华和露水，
尽管都在勘探者心上各自打下了钤记；
却唯有铁的闪光哟，活在我们的瞳仁里！
请听歌！哪一声不赞颂我们追求的贞女！

1958 年 11 月　万山丛中

铁的独白
——探矿日记之五

领我去吧,领我去吧,领我去到车间,
把我捣碎,把我砸烂,烈火烧我三遍;
去做齿轮,去做垫圈,继承您的贞坚,
既当大锤,又当铁砧,听从您的召唤!

镰刃生风,锄板冒烟,编织金毡一片;
落入敌阵,便是炮弹,收割首级万千!
如果命定,要做笔尖,日夜蘸血蘸汗,
那就写吧,那就写吧,写好铁的诗篇!

1958 年 11 月　万山丛中

特别的游行

——探矿日记之六

时间真凑巧,事情不偶然,
十月一号,我们查明新矿点;
多少铁砂呵顷刻融化在胸间,
哪一声欢呼不迸射节日的火焰?

森林正狂欢,群山已酒酣,
这特别而又特别的游行呵,多么庄严!
走吧,让我们走过心上的天安门,
命令胳臂,擎起这珍贵的贡献!

         1958 年 11 月 万山丛中

回　声
——探矿日记之七

快步向上走,结束这夺取矿山的战斗,
峡谷中,塞满了我们的欢呼与阔笑,
肯定是铁与铁在喉头唇边相叩,
回声千里外,鞍钢的汽笛长吼!

祖国母亲啊,你难产的婴儿已在啼叫,
它会成长的,凭炼铁工人的爱抚照料;
等我们替它的小兄弟再报上户口,
千里传回声,那将是它的粗嗓门向我们问候!

        1958 年 11 月　万山丛中

一车黄土,又一车黄土

一车黄土,又一车黄土,
填平了蜂腰似的河谷;
边夯,边铺,汗水胶着结合部,
劳动产下了孪生子:大坝和幸福。

于是,我们饲养一种名叫龙王的牲畜,
电灯亮了,那是它的夜明珠。
呵呵,眯着眼睛,按着胸脯,
快乐是如此巨大,几乎把人噎住……

1958 年 12 月　郭堡水库

人民英雄纪念碑顶礼

对于敌人,你是一柄出鞘的利剑,
历史的大手举着你,直通九天。
九百六十万平方公里矿体,血与火的淬炼,
人民英雄,英雄人民,全都镌刻在上边。

头顶金田风云,脚跨草地雪山,
整整一个世纪,凝结在三十步间。
人流不断,一如群星绕日盘旋,
信念弥坚,终点更是新的起点!

1961 年 10 月　北京

人民大会堂阶前浮想

峥嵘庄严的昆仑山的棱角,
浑圆凝重的扬子江的波浪,
繁复的线条勾勒出沉雄博大的形象,
祖国,踏着台阶拾级而上。

看哪,五大洲如同五片工地,尘土飞扬,
劳动者醒来,齐把瓦砾和垃圾扫荡。
今天,人类向我们投射钦仰的目光,
明日,寰球将出现鳞次栉比的殿堂。

1961 年 10 月　北京

匆匆都门来去……

匆匆都门来去。人潮,声浪,灯光,
战斗在召唤,又要扬帆远航……
北京哪,我这里拨动心弦纵情弹唱,
听我以最美的乐章奉献给我们的船长。

不论海角天涯,惊涛骇浪,
革命,自有它坚定的航向;
北京哪,您道我这是启碇出港?
我心灵的铁锚,却永远系定于您的宫墙!

1961 年 11 月　北京

保 墒

雪打上元灯,
冰花扑面……
临行前,冬天抖了抖灰裙褂,
庄里庄外,银鳞片片。

槐树旁,寨墙边,
谁家女子荡秋千?
擦地腾空一呼闪,
活脱脱是只报春燕!

红旗舞翩翩!
呼啦啦的火苗儿把雪舐;
——保墒大队出动了,
　　留住水来留住面!

1961 年 11 月　祁县

襁褓

阅兵结束了,坦克把履迹留在广场,
母亲们涌过来,推着小小的摇床,
看哟,二十一世纪衔着奶瓶,咿唔歌唱,
微笑的婴儿,望着微笑的太阳。

告诉我,长安街上淌过了多少快乐的泪行?
透过心的三棱镜,谁的巨影闪闪发光?
——持枪开路,身披着了火的衣裳,
怀抱襁褓,共和国在马背上成长……

1956 年—1962 年　北京—太原

喜 雨

桃林里,下红雨,
麦地里,下绿雨,
纱一般轻,雾一般密,
酒一般醇,油一般腻。

挽裤腿,扛锹去修渠,
锹如镜,一览秀色千里;
你看我,眼光点得着火,
我看你,睫毛拧得出水。

落透一指深,稍歇憩。
这当儿,熏风扶醉,
手攀柳枝儿忙不迭,
一社一社传送好消息……

1962 年 3 月　太原

太原的云（一）

扬帆追风,我向天空召唤:
云彩你来,来做我的游伴;
烟囱多美,像青松密布河岸,
系缆解缆,全随你我的心愿。

咦,为什么你不带露水沾满煤烟?
咦,为什么你忽高忽低左右盘旋?
——哦,我不是云!我是工人胸中吞吐的火焰!
难道你没看见,太原正挥汗如雨立在炉前!

1962年6月　太原

汽　笛

号手们子孙繁衍，组成了庞大的家庭，
南北东西，满城是它们热气腾腾的屋顶；
哦，早醒的家庭！歌唱的家庭！
吐一口气，撒一把火星，将夜幕烧个干净！

听！多出色的男高音！有的粗犷，有的圆润，
有的像威严的祖父，说话之前总爱咳嗽几声。
哦，早醒的大军！歌唱的大军！
吹一通号，整队向前进，各兵种蜂拥上阵！

1962 年 6 月　太原

高 炉 颂

有一个阶级按照自己的模样儿造下了你,
左肺——热风包,右肺——鼓风机;
当我在你身旁伫立,
前胸后背,都感受到你阔大的呼吸。

关于你成瓣的肌肉,关于你轩昂的眉宇,
我该选择什么词汇,为你盖起诗的宫闱?
嚯!炉长他过来了,脸上的汗比珍珠更美!
难道只歌颂你吗?不!炉长有你十倍的魁伟!

1962年6月 太原

水压机礼赞

我们呵口热气,点燃一座煤山,
我们揸开五指,挖来一座铁山,
一座煤山加一座铁山,
炼就这一锤一砧。

好拳头!八千吨!
快发育!美少年!
祖国啊,请准备更大的手套给我们!
看工业竞技场上,您的儿子夺冠军!

1962 年 6 月　太原

在城郊基建工地上

哦,古老的殿堂,
两廊石碑上,残留着模糊难辨的帝王肖像;
如今,一旁耸立起来完工的大厦,
下面贴着我们的光荣榜。

那是谁?在低头凭吊古代的衣冠冢葬?
应该脱下你的帽子,向我们注目仰望!
应该攀上脚手架来,笑看历史的侏儒匍匐地上!
歌唱吧!人民,已同钢筋一道成长!

1962年6月 太原

银　雨

管道比蛛网更密！布满了空中地底！
绿的是水,红的是煤气……①
我的心贴着它奔跑,
不受潮,不窒息,不眩晕,不疲累。

到了！结晶塔。喷洒器。硝酸铵是浓缩的汗滴！
心儿仰面卧倒,平展展一如公社的土地,
我狂喜,欣然承受这一场银雨,
下吧！你下吧！为了绿的庄稼,红的旗！

1962 年 6 月　太原

---

① 绿漆的管道中流水,红漆的管道中输送煤气。

抗　旱

高原梯田，一层更比一层干，
三月四月苦春旱，
豆难点，瓜难安，
卡脖儿麦苗声声唤！

雨丝丝，没沾地皮丝先断，
云片片，刚到头顶又飞乱，
社员倒提黄河水，
天不管，俺管！

二十四道拐来七十二道盘，
三十里上坡扁担串；
旱魔淹死在水桶里，
水桶里盛满俺的汗！

1962年6月　太原

买　镰

俺悄声央及你,货郎,
明儿个新镰给捎一张;
可别对俺嫂子讲,
也不敢告俺娘……

　　(咦,这算个甚名堂?
　　做买卖,不许咱嚷嚷!)

有个人……他下放还乡……
就是他……求你帮个忙……
年时五月五端阳,
俺割麦拉下他十来丈……

　　(哟,这闺女热心肠!
　　你瞧瞧,巴望人追上!)

1962 年 6 月　太原

收　麦

半天价里响鞭梢，
云絮铺满道；
爬圪梁，翻山峁，
沟里沟外都是赶马调：

驾！驾！金来了！银来了！
咱国家的命根子运来了！
大车直奔囤粮窑，
场上等着把新麦叩①。

八蹄如飞稍驻留，
四处乱嗅拱辔头，
"呔！社里的！不敢偷！偷吃不上膘！"
齐哄笑，卸车快似风卷潮……

1962年7月　太原

---

① 山西农民在麦收后，用铡刀把整捆的穗头割下，谓之叩麦子。

歇 晌

日当午,树影儿圆,
镰刀插一圈;
小风儿吸汗更喷汗,
蜂歌声声续还断。

喝水嫌梦短,
伸手摸个碗。
麦芒、头发纠成团,
大地和咱睡正酣。

谁说社里是山海各一半?
军号叫醒咱造山汉,
干!海干山筑完!
踏歌归去月三竿……

1962 年 7 月　太原

柳

黄土塬上,柳色如烟似的朦胧,
古人别离到此,手执青条相送;
泪一掬,酒一盅,
不忍听阳关三叠曲终……

我却折柳当鞭驱马踏春风,
——玉门关外旌旗红;
今夜投宿何处?
勘探队员歌声满帐篷。

1957年7月—1962年7月　甘肃—山西

羊 皮 筏 子

在兰州,羊皮筏子太平常,
扛在舟子肩上,
晾在沙滩边上,
吞吐在黄河舌尖上。

黄河是饕餮的,
它总是在咀嚼着什么东西;
一个旋涡一张嘴,
还濡着白的唾液……

休要提遥远的汉代传说!
休要学霍嫖姚中流悲歌[①]!
漫道黄河多风波,
如今黄河奈我何!

且瞩望明天奇异的美丽,
九曲十八湾,筑成水的阶梯;
那时节,我们有白帆、白鸥、白煤[②],
要找羊皮筏子么!请上博物馆去!

1957年7月—1962年7月　兰州—太原

---

① 霍嫖姚,即霍去病,汉代名将。
② 可供发电用的水利资源,谓之白煤。

波阳湖上的金翅鸟

　　1962年1月,小游江西余江、余干两县,问起波阳湖滨湖一带的血吸虫病防治情况,社员们说:不怕了,它作不了孽了!仰望晴空,群鸟南飞,得诗。

波阳湖上的金翅鸟哟,请你告诉我,
何以三千里路如电火,连翩飞且落?
是谁傍着启明星挥毫,走笔如龙蛇?
一服药,一颗心,一支歌。

农舍柴门,哪来凝重的脚踪经过?
瓦罐病榻,怎有温煦的手掌抚摸?
太阳出来,烧几只纸船儿抛灰下河,
人添寿,户添丁,田添禾……

1962年7月　南昌

大海枕着我的军鞋躺下……

（海和哨兵的对话）

大海枕着我的军鞋躺下,却不肯安眠,
一会儿撩拨浪花,一会儿絮絮攀谈:
——喂,哨兵,每当秋风萧瑟,我就思绪缠绵,
自打那年见一面,博大,渊深,梦中也钦羡!

——海呀,不相瞒,我心里更时刻萦念;
开罢群英会,同志们曾整队去致敬问安。
枪上肩,我们向祖国盟过耿耿誓言,
保海防,就是捍卫那金铸的诗篇:换了人间!

1962年夏　京沪铁道上

长　城

　　　　登沙原,望长城,忽发奇想……

从火星上看地球,
想必是模糊一片,
唯有我们的长城,
蜿蜒千里,清晰可辨。

火星的科学家,
想必能正确断言——
它是劳动的丰碑,
它是英雄的宝剑。

定然有伟大的种族,
在那片大陆上繁衍;
他们的大脑和肝胆,
无疑比太阳更多光焰……

如今我来谢芳邻,
秦砖汉瓦休留恋!
快转动你的天文镜,
看今天山移海填!

从我们革命的发射台上,
升起了共产主义的多级火箭。
有一天民航公司会宣布,
开辟新的宇宙航线。

那时我们将登门拜访,
赠你一枚徽章留念;
哦,红星闪闪,长城亘亘,
请认识我们,也认识我们祖先……

1957年8月　兰州初稿
1962年8月　太原改定

生 日
——一个少先队员在游行行列中

叔叔,我真想把我的生日告诉每一个人:
一九四九、十一,太阳出山的时辰;
礼炮轰鸣,旧世界在战栗中和我狭路相迎,
我学步,我笑,都叫敌人胆颤心惊!

入队的日子,党把旗帜分给了我们,
在我看来,祖国和我一样,也系着红领巾。
我能听懂山说话,水说话,它们都和我同龄,
我们一起宣誓:肩并肩走上共产主义前程!

1956年—1962年　北京—太原

太原的云（二）

拿什么来擦手上的油泥、额上的热汗？
你看，云彩如同晾在烟囱上的手绢……
下工以后，汾河将它统统收去洗涮，
到第二天，洁白柔软又和先前一般。

如果有一阵风将它越吹越远，
那也不过是兄弟间辗转相传；
听吧，祖国有多少汽笛彼此召唤！
一面交递汗巾，一面你追我赶……

1962 年 10 月　太原

谈　　心

看这边,是一片墨玉般灿烂的微笑,
再看那边,是一簇高扬的棕色的手,
你好!阿非利加!你好!拉丁美洲!
请到广场上来,一道把地球推向左走!

今天,五大洋的水都往这儿急急涌流,
北京是一只杯子,斟满它如同斟满美酒;
可为了明天,我们却更愿意把她比作港口,
东风劲吹,水手的心哟,哪一颗不扬帆弄潮!

1962 年 10 月

太原的云(三)

没有变奏,也无须求助于新的旋律,
我当再一次地回到我心爱的主题:
从我的琴弦上——
太原的云,又铮然升起……

看哪,斑斓多彩的云翳!有兀鹰在搏击!
东山——烟煤,西山——烟煤;
试问,谁能有如此黑亮、丰满、矫健的羽翼?
烟囱呵,你多些更多些!鹰呵,你高飞更高飞!

1962 年 11 月　太原

卧　　地

庄禾收净如卷席，
大田舒口气；
卸掉粮山露脊背，
搔痒痒——引下羊儿来卧地。

黄金茬，黑胶泥，
羊儿趟一圈，又是一层肥；
放羊哥哥在哪里？
芦管婉转飞……

什么调？随意吹，
只因光景年年美；
老天和咱心劲儿对，
挂把月琴来凑趣！

1962 年 11 月　太原

嫁　　山

平川女子不嫁山，
山里汉子单打单。

羊肠小道几十道弯？
艰难世道甚会儿变？

新山新水新社会，
箭杆杆大路能登天！

果木开花铺毡毡，
梯田囤粮起尖尖……

迎亲的唢呐娶媳妇的笙，
山里的锣鼓嗓门儿宽！

灰毛驴驴双手手挽，
你是哪山的好儿男？

粉脸蛋蛋红袄袄衬，
你是哪方的小婵娟？

一道道山泉绕平川，

山挨川来川靠山!

山下的被盖山上的炕,
百里姻缘缰绳绳牵!

毛主席像前三鞠躬,
这门亲事他忒喜欢!

1962 年 11 月　太原

空　气

　　桃李无言，下自成蹊。

　　　　　　　　　　——中国古代格言

我铺开稿纸，
　　　　写下标题，
　　　　　　　两个大字：
　　　　　　　　　　　空——气。
——真新鲜！空气？难道空气也能产生诗意？
——简直是污辱缪斯！我要抗议！
——让他涂下去吧，我倒乐于看看这出滑稽戏！
什么东西！！！
我站起来，握紧拳头，高举胳臂，
　　　　　　　　　差点儿把笔捏碎……
先生们！
　　　你们——都是谁？
于是，一个个通名报姓，笑容可掬，
哑！原来还是一群作家、诗人、评论员和编辑！
他们来自伦敦、纽约、波恩和巴黎。
——您大概是准备出席通俗科学报告会？
——空气？！多么乏味的主题！
天哪！我愤怒！我的脸
　　　　　　　像转动着的七色板，变化不已，

　　　　　　　到后来,竟白得赛过石灰墙壁!
我的身体,
　　　　也百分之百的
　　　　　　　　变成了一颗六十公斤的地雷!
我
　　竭尽全力,把嗓门儿压低:
　　　　　　　空气——就是空气!
中国的空气!
　　　　革命的空气!
先生们!别碰我!请吧!!!
我大开房门,
　　　　把他们
　　　　　　　一股脑儿轰出去!
　　　　　　　　　　并且,
瞅准他们肮脏的脚后跟,
　　　　　　泼了一加仑 D、D、T!
……
……
灵感,
　　一次又一次地
　　　　　　捉住了我,
就像人民解放军战士
　　　　　　勾住了扳机!
哒哒哒!哒哒哒哒哒!
书桌上支着的
　　　　是一挺马克沁,而不是

　　　　　　　　　　我的手臂！
空气——就是空气！
　　　　　　空气里喷射着
　　　　　　　　诗的弹雨！
同志们！
我们大家都有过
　　　　　　七岁，
我们都记得怎样用染满墨水的指甲
抠着小学课本上一个一个的三号印刷体：
空气，它无色，无臭，
像祖母的头巾，裹着地球，厚度大约二十公里，
它营养火的生命，它煽动人的呼吸……
可是，同志们，什么缘故？什么道理？
　　　　　　　　　从中国流过的
空气，
　　总是叫华尔街的老板们恐惧！（连睡觉都有梦呓！）
我们并没有进行核爆炸呀！
我们也不曾用原子尘埃去染污面包和大米！
不错，我们的空气
　　　　　　　灼热、闪光、鲜红、流转特别激剧！
什么缘故？什么道理？
　　　　　　　没——有——秘——密！
空气
　　传播
　　　　中国的语言，
　　　　　　语言

　　　　　　传播
　　　　　　　　革命的真理!
空气——就是空气!
　　　　　　中国的空气!
　　　　　　　　革命的空气!
空气不是手术台上的病人,
　　　　　　它拒绝麻醉!
空气不是克里姆林宫的官僚,
　　　　　　它拒绝受贿!
不能捉拿! 不能通缉! 不能封闭! 不能隔离!
不用任何护照,走遍世界各地!
告诉石油大王、钢铁大王、军火大王:
　　　　　　　　你们不能回避!
空气——就是空气!
　　　　　　中国的空气!
　　　　　　　　革命的空气!
我们没有空气托拉斯!
　　　　　　我们不需要垄断专利!
不错,我们并不富裕,
我们只有少量的出口物资,换取外汇,
但我们决不异想天开,
忽然打算背一口袋空气
　　　　　　去印第安人的市场赶集!
我们的外贸部长,
从没有和谁商谈过
　　　　　　这样一宗对外贸易!

不能输出！不能输入！不能制造！不能分配！
告诉石油大王、钢铁大王、军火大王：
　　　　　　　　　我们毫无过失！
空气——就是空气！
　　　　　中国的空气！
　　　　　　　　革命的空气！
听着！大大小小的肯尼迪！
资产阶级焦黄的海报，
　　　　　　早已被强劲的东风撕碎！
在历史舞台上，
　　　　刚刚开演的
　　　　　　　　是我们壮丽的正剧！
也许，我们的男女主角
　　　　　　　衣饰不够华丽，
无论是序幕，还是其后的哪一场戏，
　　　　　　　全没有穿插宴会，
然而我们有布！——尽先缝制了大小战旗！
然而我们有酒！——单只准备为胜利干杯！
艰苦
是我们
　　　自觉的纪律，
　　　　　　我们
　　　　　　　　最明白
　　　　　　　　　　艰苦的涵义！
一个人只有一张胃！
　　　　　　一个人并不需要七十件衬衣！

我们中国人知道,
 世上有多少政治犯在狱中绝食!
 世上有多少罢工者坚持着阶级的贞操,
 就凭一杯白水充饥!
空气哟,渗透了铁一般信念的空气!
你流吧,流吧,
 流进那些在贫民窟中窒息了的肺,
 流进那些被沉重的货箱压得伛偻了的肺,
 流进那些在皮鞭抽打下枯萎了的肺,
 流进那些由于出卖鲜血开始呛咳了的肺……
空气!新鲜的空气!
 人民需要你!
 诗歌需要你!
 地球需要你!
有了你,即便是从火星上瞭望我们,
 我们
 也是动人的美丽!

1962年11月—12月　太原

收　秋

白露金风起，
收秋场上暑气浓——
星溶眉梢汗水里，
日出胸口热雾中。

扇车歌声涌，
连枷一夜拍地动；
漫天尽下五彩雨，
谷黄豆绿高粱红……

老农忙选种，
边挑边想露笑容——
人民公社就是好！
秋后立春不立冬！

1963 年 1 月

冬　灌

沿着寨墙,沿着土窑,
齐崭崭亮镐明锹;
队长在前,社员在后,
一个个虎背熊腰。

出村口,北风拍手叫:
快整渠！快引流！
"冬灌冬浇,冬灌冬浇",
锹镐碰,锣鼓板眼丰收调。

想起五月五端阳,
热气冲！寒气消！
摘下头巾权当扇子摇！
嗨！眼下琉璃水,都是米中油！

1963 年 1 月　太原

防　霜

夜未央,冬天忽而打了个反巴掌,
十根手指头冰凉,
抓住什么,
什么冻僵。

麦苗儿,休要慌!
露珠儿,犯不着泪汪汪!
铜锣一筛震八方:
社员们,快下炕!保苗防霜!

葛针成垛,秫秸成行,
只待县上的电话铃儿响;
大火织网,浓烟悬帐,
热腾腾的心儿给你们当衣裳!

1963 年 4 月　寿阳

造　林

云茫茫，沙漫漫，
影影绰绰雁门山；
长空尽日谁叫关？
断断续续南飞雁……

雁呵雁，休啼唤！
并州汉子向北不向南！
栽下树苗苗，暖上心坎坎，
咱不追春春追咱！

重相见，待来年，
家山更好春缠绵；
青青葱葱树，重重叠叠伞，
护送你，八百里，直下黄河滩！

　　　　　　　　　　1963年4月　阳方口

雷 锋 歌

有一个学生,他的名字叫作雷锋,
有一个农民,他的名字叫作雷锋,
有一个工人,他的名字叫作雷锋,
有一个战士,他的名字叫作雷锋,
不论雷锋他在哪里,
都是一株高大的青松。

我们也是学生呀,尽管名字各有不同,
我们也是农民呀,尽管名字各有不同,
我们也是工人呀,尽管名字各有不同,
我们也是战士呀,尽管名字各有不同,
在革命的土壤中,
生活的根须彼此相通……

像他一样,化阳光雨露为不雕的青葱,
像他一样,叫芬芳从每个细胞往外喷涌,
像他一样,身正不怕狂风,
像他一样,造就擎天梁栋。
让祖国的山河布满森林吧,
在我们挺立的大地上,岂容有匍匐的棘丛!

所有的学生,是普通人也将是英雄,

所有的农民,是普通人也将是英雄,
所有的工人,是普通人也将是英雄,
所有的战士,是普通人也将是英雄。
整个的森林会记住那株青松,
只有二十二道年轮,但永远是我们的长兄!

1963 年 4 月

脚　印

人流像海潮扑岸,手摇车是一只船,
胸脯上奖章缀满,整个星座在旋转;
大旗红艳艳,那是他的热血染,
鲜花露闪闪,那是他的汗珠变。

为什么不能走路?双腿为革命做了标杆,
为什么又来游行?要把长征的路途走完。
谁说他没有脚印?人人拥着他往前赶,
欢呼像海潮扑岸,手摇车中有方向盘……

1956 年 10 月—1963 年 9 月　北京—太原

夜　耕

数不尽田间小路，
月光铺白布；
东风通宵忙碌，
撒把草芽儿，将它染绿。

急匆匆，春好糊涂！
忘了戴花，也忘了孵雏，
单顾上翻箱笼衣橱，
叫咱们帮她晒冻土……

千里汾河谷，哥儿们相追逐，
突突突！合着节拍齐欢呼；
犁铧呀，踏虎步，
往哪儿赶？——大秋熟！

1964 年 2 月　太原

披　红

　　饲养员的老伴儿对我说……

一年三百六十天,
夜夜守岁到五更,
牲灵灵嚼料嘛,偏听不厌!
当是放炮仗哪,咯嘣咯嘣!

大年三十,俺想替他上回圈,
叫他家去,热坑头上抽袋烟,
你道人家咋?——两眼一瞪:
"妇道之见!春牛下田,你牵?"

初一开亮八音奏三遍,
不害臊的满村甩响鞭:
"披红去破土,真个……大场面,
换了拖拉机,想看……也难见!"

1964 年 2 月

秋　千

好年胜景正月正,
闹红火摆下了长龙阵,
人面恰似桃花林,
秋千架上,春风正带劲。

老队长怀揣着攀天的心,
蹬一个大浪荡入云;
队长呀队长见了些甚?
看把你美得直哼哼!

"江南连天碧,塞北满地银,
夹着咱麦地一抹儿……青",
话没说完跳下地:"停停!
再追一遍肥!回头来比试这营生!"

1964 年 2 月　太原

年　　集

大叔生来不好赶集,
逢年过节才走一回:
怕误工,怕见人费唾沫,
还怕平白无故磨了鞋底。

这二年,可真出奇,
得了个外号叫"集迷";
不买东市布,不看西市戏,
就爱拾个牲口后蹄蹄。

"大叔,咱说一句,你可别动气,
正月新春嘛,就不兴歇息?"
"党号召积肥,听党的,还是听你的?"
说话间,叉翅儿飞……

1964 年 2 月　太原

火 炉

扯不开天上的白帐幕,
踢不动地下的厚被褥,
小小山村,满共三十户,
一大早,是谁踏出来二十九股路?

这事儿大山它看得最清楚:
脚踪儿像煞一株树,
顺着枝梢往下数,
根儿全在党支部!

"快进家,俺的好支书,
可不敢冻坏了身子骨!
瞧,缺甚哩? 连心上都点着个大火炉!
这场好雪可是面呀,堆几处? 快吩咐!"

1964 年 2 月　太原

马 掌 王

这是咱村钉马掌师傅在群英会上的发言……

三十年钉马掌,
咬过的钉子也够几箱;
几辈辈徒弟遍四方,
就为这,庄户人封俺为马掌王。

瞧,这可不真的披红戴花上大堂,
坐北朝南把话讲!
讲甚呢? 没有咱共产党,
俺死活不比骡马强!

俺贡献小,提得起来的没一桩:
说游乡,那是生就的腿脚长,
论爱社,可集体待俺赛爹娘,
至于救牲口,学点兽医也应当!

嗨,我说,大家伙儿别鼓掌,
俺知道,革命要骑马上前方;
得叫敌人怕听咱的马蹄响,
再干它三十年,直到敌人消灭光!

1964 年 4 月 太原

掐苜蓿

一

好雨落在清明天，
人长精神柳含烟；
社里隔年苜蓿地，
湿了一片绿一片。
小苗嫩芽毛眼眼。

二

斜风细雨满田间，
哪来一只报春燕？
粉红头巾绛红袄，
手挎不大荆篮篮。
水灵灵透着好新鲜！

三

越瞅苜蓿越眼馋，
十个指头齐动弹。
蘸上老醋拌一碗，
公婆吃饭带笑看。
他的夸奖谁稀罕！

四

飞过场院飞过檐,
推门飞进屋里边;
婆婆抬头眯眯笑,
公爷胡须微微颤。
他用眼角闪几闪。

五

待到荆篮一扣转,
全家人儿神色变:
婆婆张嘴不出气,
公爷烟锅拍炕沿。
他更黑起一张脸。

六

半晌公爷才发言:
送去保管约一遍!
该赔粮食多少斤,
根据报秤加倍算——
干属就掖干属办!

七

双手发抖捡菜难,
满地抛的泪蛋蛋。
谁料好心没好报,

婆婆心疼来拍劝：
不念人家初进山？

八

公爷忽然把头点，
改口反把自家怨：
我这队长责任大，
情况介绍不全面。
社规家规一般严。

九

低眉红脖寻保管，
一听解释没意见。
夜到故意向壁睡，
等他赔情来道歉。
铁心批评到五更……

十

眨眼清明又一年，
社规家规两自然——
队里家业数牲口，
苜蓿就是金饭碗。
四颗红心一线牵！

1964年4月　太原

GONG LIU WENCUN

【附录】
公刘文学创作记略

公刘文存

公 刘 著　刘 粹 编

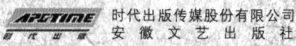
时代出版传媒股份有限公司
安徽文艺出版社

歌报》于8月同时刊出。

长篇随笔《我的动物世界》发表于《飞天》7月号。

7—8月,组诗《水果系列》结稿,发表于《诗歌报》。

组诗《石头档案》结稿,发表于《羊城晚报》和《扬子江》诗刊。

9月,组诗《红玫瑰小集》定稿,发表于《飞天》。

夏秋之季,连续撰文《争论的价值大于书》《触人痛思的〈思痛录〉》和《董狐之笔》等。

《梧州日报》出公刘专版(1998年9月18日)。

《文论报》出公刘专版(1998年10月1日)。

1999年

组诗《姑苏画外音》发表于《星星》4月号。

5月,扶病践诺为青岛华夏文化艺术传播中心撰文《中国病人》。

2000年

两卷本随笔集《纸上声》由作家出版社出版。

2001年

7—8月,出院间隙,《此生》《天堂心》两诗脱稿。

8月,为"西湖文化博览丛书"之《西湖诗船》作序《永不碇泊却永不拒载的西湖诗船》。

11月14日,《不是没有我不肯坐的火车》一诗于病中落墨。这是公刘一生完成并发表的最后一首诗作。

12月9日,住院中的诗人不幸被延误救治而致全身瘫痪,数度病危。

2002年

《阿诗玛》入选"百年百种优秀中国文学图书",由人民文学出版社再版。

2003年

1月7日,诗人因病辞世。

年底,撰文《告别宽容年》。

本年,公刘获中国作家协会颁发的"以笔为枪 投身抗战"(1937—1945)抗日战争胜利50周年纪念牌。

《公刘短诗精读》由人民文学出版社出版。

随笔集《重轭浮生》由中共中央党校出版社出版。

杂文集《不能缺钙》由宁夏人民出版社出版。

1996 年

5月,获上海《新民晚报》林放杂文一等奖。

8月,写《长忆芷江受降坊》,"前事不忘,后事之师",文虽短而意深长。

9月,组诗《西部蒙古》十九首定稿,翌年发表于《百花洲》和香港《大公报》。

11月,作《赞沈阳"九一八"鸣笛》,勿忘国耻才是真正的珍爱和平。

12月,扶病出席第五届全国作家代表大会,改任名誉委员(后改称"荣誉委员")。

1997 年

4月,著文《香港一年半》,迎香港回归,发表于《随笔》。

5月,写小文《关于杂文》,点睛公刘心中的杂文之精神品质。

6月,撰文《愧对胡适》,对1949年旧作《过河卒子行状》作自我反思,发表于《书屋》。

11月,接受《诗歌报》记者采访,题为《因为人生是一首大诗》的长篇问答于1998年1月见刊。

1998 年

3月,在第四届国际华文诗人大会上作题为《忧患、悲悯及沧桑感》的主题发言。

4月,为一位青年朋友的首部杂文集作序《思想的芦苇》。

4—5月,写诗论《诗是宗教》,发表于《黄河文学》。

5月,写《老泪纵横哭洛汀》,追思挚友。

6月,撰文《答客诮——兼及新诗写作中的若干问题》,《文论报》与《诗

【附录】

公刘文学创作记略

1927 年

3 月,出生于江西南昌。

1932 年

秋,入南昌大成小学。

1937 年

非命题作文《致日本小朋友的一封公开信》,被老师推荐到南昌《民报》发表。这是公刘发表的第一篇作品。

1940 年

创作并发表悼亡诗《悼张明》。从严格意义上讲,这是公刘真正的诗歌处女作。

1943 年

创作并发表长诗《春水,她晶莹的眼泪》。

1945 年

年底,创作并发表《自画像》。这是迄今所见公刘最早的诗作。

1946 年

创作诗歌评论《艾青及其诗作》,发表于《中国新报·新文艺》1946 年 12 月 24 日、12 月 31 日。这是迄今所见公刘最早的一篇诗论。

1947 年

2 月,发表短篇小说《吃人世界》。

同月,为纪念俄国大诗人普式庚(今译普希金)遇害 110 周年而作《普式庚·俄国的春天》一文。

夏,散文诗系列《夜梦抄》在《中国新报·文林》上陆续揭载,后被香港《野草》杂志转载。

1948年

年底,加入中华全国文艺界协会,介绍人是洪遒和葛琴。

1949年

年初,加入香港中国新文字协会,并当选为理事。介绍人是曹伯韩。

在港期间,公刘创作成绩可观,用不同化名,在香港的《群众》《正报》《中国学生》《野草》《中国诗坛》《华商报》《文汇报》《大公报》《周末报》《星岛日报》等报刊上发表多种体裁的作品。公刘的第一部中篇小说《暴动》,即由袁水拍经手连载于《大公报·文艺》;一时备受瞩目的杂文《过河卒子行状》,发表于《文汇报·新闻窗》。他还和黎先耀俩人化用仨名,在香港进步报刊上开辟了《三人影评》专栏。又以"刘尧民"(金尧如出"尧"字,汪汉民出"民"字)的特定称谓,负责与湘、赣两省的大专院校联络,并据所得资讯编写有关动态,供内部参考。

10月,回国参军,后在随军由粤经桂、黔入滇的千里行军途中,即时创作了不少枪杆诗和快板剧。

1953年

被借调参与撒尼人叙事长诗《阿诗玛》的整理工作。公刘将工作重点放在原始记录的诗化上。

年底,由西南大区文联提名,公刘被吸收为中国作家协会会员。

本年,西南军区(即第二野战军)文艺大检阅,公刘以其抒情诗获一等奖。

1954年

叙事长诗《阿诗玛》由云南人民出版社、人民文学出版社、中国青年出版社、中国少儿出版社、外文出版社同时出版。

组诗《西盟的早晨》发表于《人民文学》。短篇小说《荣誉》在《解放军文艺》上发表。

5—6月,组诗《九寨沟脉络》脱稿,发表于《飞天》10月号。

短诗组《沉默之辐射》,首发于台北《创世纪》诗刊秋季号。

长篇散文《活的纪念碑》发表于《收获》。

域外诗集《我想有个家》由广东旅游出版社出版。

12月,为《中国作家》撰稿《江南三凭栏》。

1993年

1月,出席聂绀弩纪念会,作《聂绀弩写好了一个"人"字》的主题发言。

6月,长篇回忆《毕竟东流去……》初稿完成,同年12月改定。

8月,赶写长篇发言《诗国日月潭》,出席海南大学"罗门、蓉子作品研讨会"。

7—9月,组诗《岭南行脚》结稿,发表于《南方日报》。

1994年

应第十五届世界诗人大会之邀,撰文《诗与自然之我观》,发表于香港《大公报》。

《毕竟东流去……》全文由《百花洲》一次推出,台北《联合报》连载,反响强烈。

11月,为诗集《最后的放逐》撰序《独立苍茫》,然书稿在台北莫名遗失。

随笔集《活的纪念碑》由上海知识出版社出版。

1995年

1月,《不能缺钙》干病房脱稿,发表于《文论报》,引起知识界的广泛关注。

同月,组诗《五种集中的方式及其过程》亦于病中脱稿,发表于《诗世界》创刊号。

2月,组诗《自寿五章》结稿于病房,先后发表于《上海文学》和香港《大公报》。

6月,《评〈纤夫的爱〉》一文结稿,发表于《文论报》。

9月,噙泪赶写《仁人归天》一文,追思冯牧。

诗论集《谁是21世纪的大师?》由宁夏人民出版社出版。

报告文学集《裂缝》由北岳文艺出版社出版。

1987年

中篇小说《头颅》发表于《昆仑》第1期。

《访德谈话录》多处揭载,反响巨大。

诗选集《公刘诗选》由江西人民出版社出版。

诗集《刻骨铭心》由作家出版社出版。

诗集《相思海》由花城出版社出版。

1988年

5月,应邀出席中国文艺理论研究会第五届年会,作题为《人格力量与现实主义文学》的发言,发表于《文艺理论研究》第4期。

8月,杂文《正题歪做》获《人民日报》杂文大赛一等奖。

同月,为《文汇报》创刊40周年大庆,撰文《荷里活道旧事》。

12月,《青藤书屋小记》获《人民日报》散文大赛二等奖。

诗论集《跨越代沟》由安徽文艺出版社出版。

1989年

美论长文《裸体艺术断想》于3月1日结稿,发表于《艺术界》。

《访美谈话录》发表于《百花洲》。

主编"中国作家看外国丛书"之德国卷。

6月,写杂文《不为已甚和见好就收》,暂告封笔。

1991年

1月,写杂文《甘地自有可取处》,首发于台北《联合报》。

2月,应《得失谈》编者之约,撰文《无论是得是失都充满了忧伤》。

4月,为彭燕郊长诗《混沌初开》写序,题为《灵魂的独白》,发表于《香港文学》。

诗集《梦蝶》由湖南文艺出版社出版。

1992年

2月,叙友情怀故人,撰写散文《千岛湖 千湖岛》。

诗集《边地短歌》由中南文化艺术出版社出版。这是公刘的第一部诗集。

1955 年

小说《祝你一路平安》发表于《人民文学》。

诗集《神圣的岗位》由湖北人民出版社出版。

《阿诗玛》由人民文学出版社、中国青年出版社、中国少儿出版社同时再版。《边地短歌》由湖北人民出版社再版。

1956 年

组诗《在北方》《上海抒情诗》先后发表于《人民文学》。

电影文学剧本《阿诗玛》结稿,并获中央文化部电影局通过。

诗集《黎明的城》由中国青年出版社出版。

1957 年

春,组诗《迟开的蔷薇》发表于《诗刊》。这是 1949 年后国内率先以第一人称抒写爱情诗,它也是公刘一生中唯一的爱情组诗。

长诗《望夫云》由中国青年出版社出版。

短篇小说集《国境一条街》由中国青年出版社出版。

诗集《在北方》由作家出版社出版。

电影文学剧本《阿诗玛》单行本由中国电影出版社出版。

1963 年

创作说唱体长诗《尹灵芝》第一稿,《山西日报》《火花》均有选载。

1976 年

1 月,纪念周恩来总理的一组小诗于悲愤中落墨,被知青们纷纷传抄,流传至雁北(今陕西大同市、朔州市部分地区)、内蒙古等地。

1977 年

冬,重写《尹灵芝》并定稿,由说唱体改为诗体。

1978 年

7 月,《沉思》一诗脱稿,发表于《诗刊》1979 年 2 月号,并获中国作家协会全国中青年诗人优秀诗歌奖。

6—9 月,预言式的诗篇《星》定稿。

1979 年

2月,著文《诗与诚实》。3月,著文《新的课题》。二文在文坛及社会上引起巨大反响。

秋,作短诗《刑场》《哎,大森林!》,写随笔《刑场归来》。《上访者及其家属》一诗定稿。

10月,短篇小说《肠梗阻》发表于《上海文学》。

年底,出席第四届全国文代会,当选为中国作协理事。

长诗《尹灵芝》由中国青年出版社出版,《人民文学》选载。

诗集《白花·红花》由上海文艺出版社出版。

1980 年

春,报告文学《裂缝》结稿并发表。

诗选集《离离原上草》由人民文学出版社出版。这是公刘的第一部诗歌选集。

诗集《仙人掌》由四川人民出版社出版,获全国首届优秀新诗集一等奖。

叙事长诗《阿诗玛》的重新整理本由中国青年出版社和上海文艺出版社同时出版。

1981 年

初夏,随笔《三祭岳坟》脱稿,《读罗中立的油画〈父亲〉》一诗定稿。

夏,作诗《赠人》,著长文《我与唐诗》。

秋,组诗《金川好汉歌》发表于《人民日报》。

初冬,长诗《大上海》结稿。

1982 年

歌唱大庆油田的组诗《从古潜山到萨尔图》获首届"《十月》文学奖"。

夏,参加全国有色金属系统表彰大会期间,创作诗剧《石头在歌唱》。

10月,奉派出访南斯拉夫,出席第十九届国际作家大会,代表中国作家团作《心灵的交流》主题发言。

1983 年

3月,报告文学《水火并举》脱稿。这是公刘抱病两度奔赴矿山深入采访的心血结晶。

5月,应《文学评论》之约,撰文《关于新诗的一些基本观点》。

诗论集《诗与诚实》由花城出版社出版。

诗论集《诗路跋涉》由江西人民出版社出版。

诗集《母亲——长江》由黑龙江人民出版社出版。

1984年

5月,落笔《旗誓》,写《答山西大学中文系五十问》。

8月,完成带有自传色彩的长诗《海颂》。

10月,系列小说《昨天的土地》开始在《收获》杂志上连载。首篇题名《陆沉的森林》,继之为《先有蛋,后有鸡》。

诗集《骆驼》由上海文艺出版社出版。

诗集《大上海》由四川人民出版社出版。

散文集《酒的怀念》由湖南人民出版社出版。

诗集《仙人掌》由四川人民出版社再版。

1985年

年初,在第四届中国作家代表大会上,连任中国作协理事。

《创作自由臆说》脱稿,发表于《清明》第4期。

11月,《六个乐章的海洋组诗》结稿。

诗集《南船北马》由青海人民出版社出版。

诗论集《诗路跋涉》由江西人民出版社再版。

1986年

早春,在病榻上为上海文艺出版社即将出版的《探索诗选》作序,完成《诗刊》特约稿《关于现实主义诗歌的对话》。

《六个乐章的海洋组诗》获《华夏诗报》大奖。

呼应巴金先生的《"文革"博物馆》,写《也说"文革"博物馆》一文,发表于《新观察》,《新华月报》转载。

11月,为《江西画报》专版(1987年第2期)撰写特稿《流浪汉话故园》。

诗论集《乱弹诗弦》由三联书店出版。

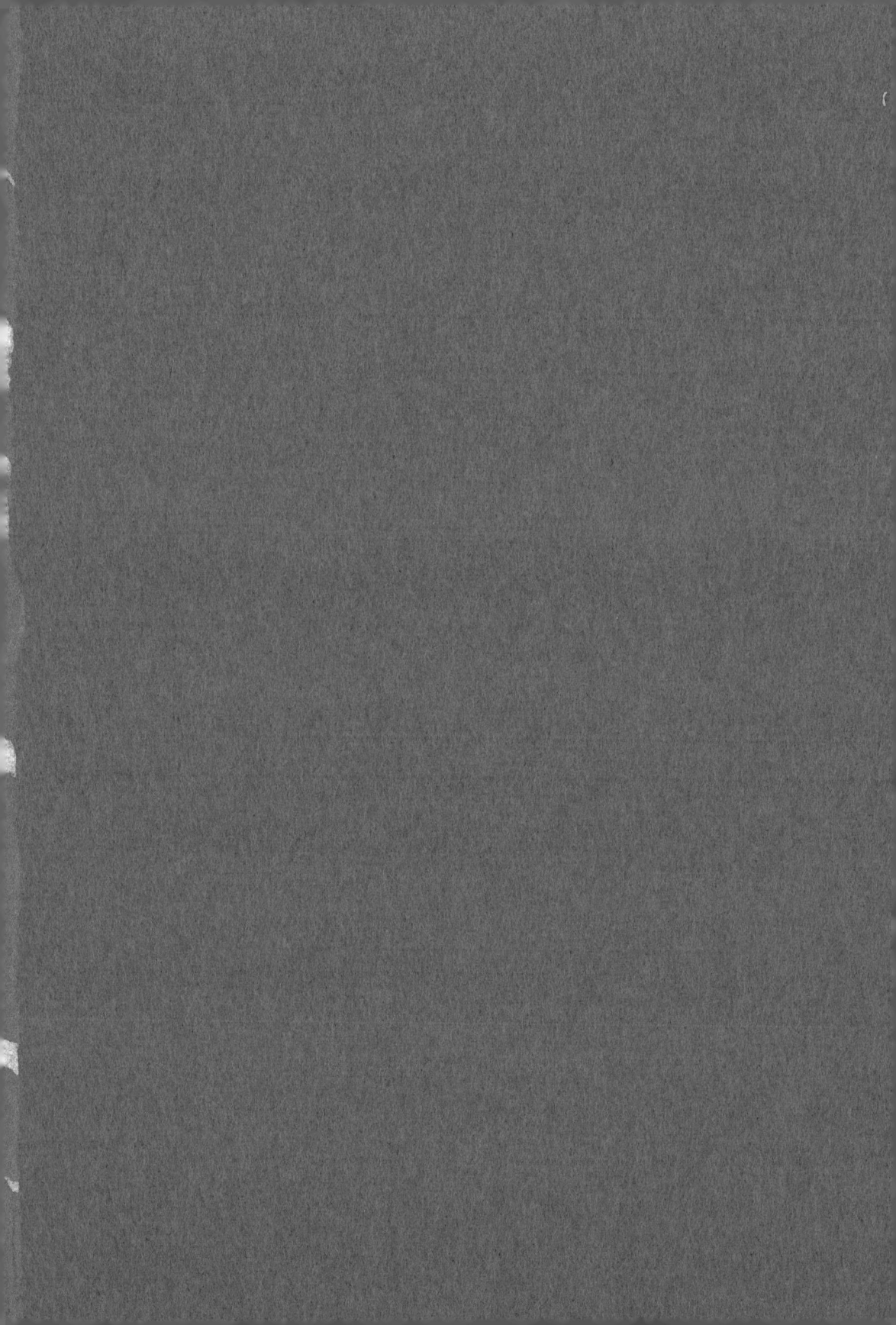